원서발췌
지하생활자의 수기

고전 명작을 읽는 가장 쉬운 길, ‘지식을만드는지식 원서발췌’

축약, 해설, 리라이팅이 아닙니다. 원전의 핵심 내용을 문장 그대로 가져옵니다. 작품의 오리지낼리티를 가감 없이 느낄 수 있습니다.
두껍고 읽기 어려워 책장을 덮어 버리곤 했던 고전을 발췌합니다. 해당 작품을 연구한 전문가가 작품의 정수를 가려 뽑아냅니다. 핵심만 읽기 때문에 더 빠르게 더 많은 고전을 읽을 수 있습니다. 제외된 부분은 중간중간 친절하게 요약 설명합니다. 풍부한 해설과 주석으로 전체 내용을 파악하는 데 무리가 없습니다. 정확한 번역, 적절한 윤문으로 10대에서 80대까지 누구나 쉽게 읽을 수 있습니다. 콤팩트한 사이즈와 분량이므로 간편하게 휴대할 수 있습니다. 수천 쪽의 고전을 발췌된 내용으로 읽고도 전체 의미를 파악할 수 있는 것이 지식을만드는지식 원서발췌의 매직입니다. 발췌율은 표지에 표시하고 발췌 방법은 일러두기에 상세히 밝힙니다.
고전 독자를 발췌 읽기에서 완역 읽기로, 더 나아가 원전 읽기로 안내합니다. 바쁜 현대인들에게 새로운 고전읽기 방법을 제시합니다.

원서발췌
지하생활자의 수기

Записки из подполья

표도르 도스토옙스키(Фёдор М. Достоевский) 지음
김정아 옮김

대한민국, 서울, 지식을만드는지식, 2026

편집자 일러두기

- 이 책은 1956년 모스크바의 순수문학을 담당하는 정부 출판사(Государственное издательство художественной литературы)에서 발간한 《도스토옙스키 전집(Ф. М. Достоевский, Собрание сочинений)》 총 10권 중 제4권을 저본으로 삼아 번역했습니다.
- 이 작품은 원전에서 약 50%를 발췌한 것입니다.
- 이 책에서는 최대한 원문의 문체를 살려 내려 노력하되, 독자의 이해를 돕기 위해 지나치게 긴 문장은 자르거나 내용의 명확한 전달을 위해 긴 의미 단위들을 작은 의미소로 잘라 내기도 했습니다.
- (…)는 발췌를 위해 생략한 부분입니다.
- 이 책의 주석은 모두 옮긴이가 붙인 것입니다.
- 외래어 표기는 현행 한글어문규정의 외래어표기법을 따랐습니다.
- 이 책은 2010년 9월 15일 한정판 '고전선집' 시리즈로 처음 출간했습니다. 이번에 '원서발췌' 시리즈로 옮겨 출간합니다.

차례

옮긴이 서문

내 마음의 작은 지하에 매일 화사한 햇살을 가져다 주는 나의 보석들, 앨리스(Alice), 크리스(Chris), 준(Joon), 그리고 나의 애마 킹스로드(King's Road)에게 이 책을 바친다.

살다 보면 뭐 대단한 철학자가 아닐지라도 가끔은 '나는 왜 사는 것일까? 내 삶의 의미는 과연 무엇인가? 또 과연 나는 제대로 된 삶을 살아 내고 있는 것일까? 그것이 신이란 이름으로 불리건 운명이란 이름으로 불리건, 또 세계질서라는 이름으로 불리건 간에, 우리 인생을 위에서 조정하고 정해 놓는 그런 초월적인 힘이 있는 것일까? 아니면 내 삶은 전적으로 내 것이어서, 모든 것이 나의 것이고, 그래서 그것으로 죽을 끓여 먹든 밥을 해 먹든 떡을 만들어 먹든 그것은 내 자유의지의 선택이고 따라서 그 책임도 내가 다 져야 하는 것일까?' 하는 생각들이 뜬금없이 들 때가 있다.

니체가 말했듯이, 아파서 누워 있을 때는 누구나 다 철학자가 되나 보다. 얼마 전, 열심히 하나의 프로젝트를 끝낸 후, 늘 그렇듯이 한 며칠을 앓아누웠다. 몸은 지치고 허약했지만, 머리는 너무도 맑아서 마치 비 온 후의 초록빛 자연처럼 모든 것이 무척이나 깨끗하고 선명해 보였다. 너무 커서 이삿짐센터 인부들이 "괴물"이라고 불렀던 내 침대에 누워 있으면 커다랗고 푸른 하늘이 보인다. 그때 흘러가는 구름들을 보노라니 운명과 자유의지에 대한 생각이 내 작은 머릿속에 문득 떠올랐다. 저 흘러가는 구름들은 자기 의지로 움직이고 있다고 생각할까? 아니면 신이 보낸 바람에 의해 자기가 정해진 곳으로 가야 할 운명이라 그것에 순응하고 있는 것일까?

참 이상한 건 나이를 먹으면 먹을수록, 인생에서 자신의 자유의지의 폭이 점점 줄어든다는 것, 아니 그것은 처음부터 우리네 인생에서 아주 미미한 역할에 불과했을지도 모르겠다는 생각이 든다. 나는 내가 기억하는 한 본래부터 운명론자였다. 왜냐하면 내 인생에 있어 아주 중요한 많은 것들, 부모, 형제, 머리, 성격, 또 외모…, 이런 많은 것들은 내가 선택할 수 있는 것들이 아니라, 내가 지상의 공기를 허파로 호흡하는 바로 그 순간부터 내게 주어지는 것이기에 그러하다. 이 많은 것들, 이 중요한 것들 어디에도 내 자유의지가 들어설 곳은 없지 않은가? 그런 의미에서 나는 뭔가 초월적인 존재가 어딘가 있음을 어렴풋이나마 느꼈고, 소녀 적 하얀 미사포가 예뻐서 세례를 받고 성당에 다닐 때는 그걸 신이라 불렀고, 나 지식인이네 했던 어설픈 대학 시절에는 그걸 세계 질서라 이름 지었으며, 생의 반을 살아온 지금은 그걸 그저 운명이라 부른다.

하지만 나는 모든 것을 운명의 탓으로 돌려 버리는 그런 수동적이고 무책임한 운명론자가 아니라, 주어진 커다란 틀 속에서 그것을 어떻게 꾸미는가는 나 하기에 달렸다는 적극적이고 또 약간은 오만한 사이비 운명론자였다. 그래서 내 작은 삶을 100으로 보았을 때 운명이 20, 내 자유의지가 80쯤 된다고 여겼다. 하지만 재작년, 작년 그리고 올해, 아프기만 했던 일들, 행복하기만 했던 일들, 또 행복하고 아름다우면서도 너무도 아픈 일들, 이성으로서는 설명해 낼 수 없는 많은 일들, 오만한 내 자유의지로도 어찌해 볼 수 없는 많은 일들을 겪어 내며, '과연 내게 자유의지라는 것이 있을까? 있다면 그것이 어느 정도의 역할을 해 내는 것일까?'라는 의문을 갖게 되었다. 삶에 일어나는 굵직굵직한 것들, 예를 들어 검은 머리 파뿌리 될 때까지 함께할 사람을 만나고, 평생을 함께할 일을 찾고, 또 좋은 방향으로건 나쁜 방향으로건 삶을 송두리째 뒤집어 놓을 만남들을 갖고…, 이런 모든 것들 속에서 내 자유의지의 역할은 과연 얼마나 될까? 거의 없다고 해도 과언이 아닐까 싶다. 물론 오늘 점심은 뭘 먹을까, 친구에게 전화를 걸까 말까, 이번 주말에 말을 탈까, 인라인 스케이트를 탈까, 아니면 새벽엔 말을 타고 저녁엔 인라인 스케이트를 타러 갈까…, 우리의 일상은 이런 사소한 선택의 연속이며, 그래서 우리들은 우리 삶의 주인은 바로 자신이며 우리 삶은 우리가 선택한 것들로 채워 넣을 수 있다고 착각하며 살아가는 것 같다는 생각이 요즘은 무척이나 많이 든다. 하지만 정작 중요한 것들 안에는 어디에도 우리의 자유의지, 즉 선택을 할 수 있는 자유가 들어설 공간이 있어 보이지 않는다. 그래서 나는 지금은 내 생에 있어 운명의 역할이 80 이상이며, 내 자유의지의 역할은 20, 아니 그보다도 훨씬 적은 정도라고밖에는 여기지 않는다. 하지만 아직도 나름대로 지식인의 오만함을 완전히 버리지 못하고 있어, 20도 채 안 되는 내 자유의지를 무슨 대단한 보물이나 되는 양 소중히 부둥켜안고, 가끔은 그것으로 운명에 대항해 주먹을 들어 보이기도 한다. 아직은 젊다는 얘기겠지….

만약 자유의지가 없다면, 그래서 인간이 아무것도 선택할 필요도 없이 그저 주어진 대로만 살아가고, 또 선택의 자유가 없으니, 결과에 대한 책임도 하나도 질 필요가 없다면 그것이 인간에게 지고의 행복을 가져다주게 될까? 자유의지와 운명의 문제, 혹은 자유의지와 신의 문제, 이것은 뭔가 대단히 철학적이고 어려운 문제이지만, 인간이라면 사회적인 지위 고하를 막론하고, 지식의 유무를 떠나 누구에게나 해당되는 아주 근본적인 문제이기도 하다. 인간 자유의 문제, 이런 선택의 자유의 문제는 결과에 대한 책임과 밀접히 연결되어 있으므로, 인간의 고통의 문제와도 불가분의 관계를 맺고 있다.

인간 자유의 문제, 인간 고통의 문제, 또 행복한 삶이란 어떤 것인가에 대한 문제, 이런 것들에 대해 많은 위대한 작가들과 철학가들이 고심하고 사유해서 그들 나름의 답변들을 제시해 왔지만, 글쎄… 그중에서 시공을 초월해 이것이 정답이네 하는 게 과연 있을까 싶다.

내게 있어 가장 위대한 작가이며 철학가인 도스토옙스키도 역시 이 문제에 대해 고심했고, 나름의 답변을 찾고 (그는 그것을 기독교의 하나님 안에서 찾았다) 작품을 통해 해답을 제시하려 노력했다. 그에게 있어 인간 고통의 문제는 신이 인간에게 부여한 자유에서 나온다. 이 자유의 문제는 그가 처음부터 온 힘을 다해 강조하던 것이고 그 자유는 당대 허무주의적인 진보적 유물론자들이 주장하던 합리적이고 이성적인 자유는 아니었다. 그에게 있어 자유는 바로 인간성의 기초였으며, 인간성의 숙명이었다. 그는 선을 행할 자유와 함께 악을 행할 자유도, 신을 선택하는 자유와 함께 신을 거부하는 자유도 또한 인정했다. 여기서 바로 도스토옙스키의 악의 이론이 탄생한다. 악이 없다면 자유 선택의 의지도 없고 인간으로 하여금 신을 인식케 하는 고통도 없을 것이기 때문이다. 그러나 대부분의 인간은 선악의 자유를 선택하는 고통을 참을 수 없으며, 그 선택에서 오는 책임 역시 감내할 용기와 힘이 없다. 그렇다면 여기서 보다 더 근원적인 문제를 돌아보게 된다. 인간에게 주어진 선악의 자유, 선택의 자유는 과연 축복인가, 저주인가? 선물인가, 벌인가?

인간이 어떻게 해서 이런 자유를 갖게 되었는지를 되돌아보면 아마도 그 해답을 발견할 수 있지 않을까 싶다.

인간이 선악 선택의 자유를 갖게 된 것은 머나먼 저 옛날, 그러니까 우리나라식으로 말하자면, 호랑이가 담배 피우던 시절보다도 한참을 더 거슬러 올라가 호랑이가 담배라는 게 뭔지, 그걸 어디에다 써먹는 물건인지 아직 알지도 못하던 그 시절에 시작되었을 것이다. 또 이걸 기독교식으로 말하자면, 뱀이 아직도 멀쩡한 다리를 가지고 있어 땅에다 배를 대고 기어 다닐 필요가 없던 그 시절에, 지상의 낙원 에덴동산이란 곳에서 이브라는 여자가 혼자 있는 틈을 타서, 하나님이 절대 먹지 말라고 했던 과일을 먹게 하고, 또 그 여자가 스스로 자신의 하나뿐인 배필 아담에게도 한 입을 베어 물게 했던 바로 그 순간부터 시작되었을 것이다. 이 이야기만 들으면 내 머릿속에 늘 떠오르는 질문 하나가 있다. 모든 것을 다 아시는 "전지전능"하신 기독교의 하나님께서 어째서 그 완벽한 에덴동산에다 선악과라는 나무를 떡 심어 놓으시고, 다른 것은 다 먹어도 되나 그 나무의 열매만은 "절대로" 먹어선 안 된다고 했을까? 과연 하나님이 아담과 이브에게 이 말씀을 하실 때, 그들이 결국은 그걸 먹게 될 것이라는 것을, 그것도 그것만은 "절대로" 먹어서는 안 된다는 바로 그 이유 때문에 그것을 먹게 될 것이라는 것을 몰랐을까 하는 의문이 든다. 아니면 알고 있었지만 혹시나 하는 기대 속에서, 또 그것도 아니라면 어떻게 해서 인간을 에덴에서 쫓아낼까 하고 그 구실을 만들기 위해 일부러 선악과를 에덴에 놓고, 뱀을 이용해 그들을 시험에 빠뜨린 것은 아닐까? 이 부분에서 나는 늘 헛갈린다. 하나님이 정말로 인간을 사랑했던 것인지 아니면, 그렇지 않았던 것인지…. 어쨌건 모든 여자들의 조상, 최초의 여인 이브는 금지된 과일 선악과를 먹었고, 그래서 이제 선악을 구별할 수 있게 되었으며, 물론 선택에 대한 책임도 지게 되었고, 그 벌로 아이를 낳는 고통을 얻게 된다. 다른 많은 성경적 이야기들이 그러하듯, 세속적인 내 눈에는 이 이야기에도 뭔가 모순되는 것도 많고, 헛갈리는 것도 많지만, 어쨌건 인간이 선악 선택의 자유를 갖게 된 것은 하나님이 먹지 말라는 선악과를 먹은 결과로 주어진 것이고, 이 때문에 에덴이라는 지상낙원에서 쫓겨나게 된다. 그렇게 보면 인간에게 주어진 선악 선택의 자유, 즉 자유의지는 하나님의 말씀을 어긴 결과 인간에게 주어진 벌이자 저주로 봐야 함이 마땅하지 않겠는가? 하지 말라는 짓을 했는데 상을 줄 리가 있냐는 말이다.

서양 문화와 문학의 원천인 고대 그리스 로마 신화에서도, 기독교의 아담과 이브 그리고 그들의 지상낙원 에덴동산만큼이나 유명한 인간 세상에 발생한 악의 기원에 관한 이야기가 있다. 모든 신들의 신인 제우스는 처음부터 인간을 별로 좋아하지 않았다. 인간을 오죽이나 싫어했으면, 인간을 만든 프로메테우스에게 그토록 처참한 벌을 내릴 수가 있었을까 싶다. 프로메테우스는 진흙으로 인간을 만들고, 또 자신의 창조물에 대한 사랑이 너무 커서 제우스의 명령을 어기고 아폴론의 황금 마차에서 불까지 훔쳐다 준다. 인간 혐오증 환자 제우스에게 이것은 도저히 용서할 수 없는 일이었다. 그래서 그는 프로메테우스를 코

카서스의 산에다 묶어 놓고 자기의 새인 독수리를 보내 그의 간을 쪼아 먹게 하는, 천벌보다도 더 무서운 형벌을 내렸다. 산 채로 간이 쪼여 먹힌다고 생각해 보라. 또 쪼여 먹힌 간은 매일 밤마다 새로이 자라나 그의 고통은 영겁을 거듭해도 사라지지 않고 줄어들지도 않고, 또 절대로 멈추지도 않는다. 기독교에서 예수님이 받은 고통은 십자가에서 한 번 못 박힌 것으로 끝난 일회적이고 이미 과거가 되어 버린 고통이지만, 프로메테우스의 고통은 헤라클레스가 아니었더라면 아직도 현재 진행형일 것이다. 이토록 인간을 미워한 인간 혐오증 환자 제우스가 자신의 아들 헤파이스토스에게 아주 눈부시게 아름다운 여자를 하나 만들라고 명령했다. 그녀는 신들과 닮았으며, 미와 사랑의 여신 아프로디테가 질투를 느낄 만큼이나 아름다웠다. 또 제우스의 명령으로 모든 신들이 그녀에게 특별한 재능을 주었다. 아프로디테는 애교를, 헤르메스는 멋진 말솜씨를, 아폴론은 음악적 재능을…. 이렇게 해서 그녀는 모든 신들로부터 좋은 것이란 좋은 것은 다 선물 받은 여자라는 뜻의 이름으로 불리게 된다. 이 여인이 바로 그 유명한 판도라다. 이 "모든 것을 다 가진 여자" 판도라를 제우스는 프로메테우스의 동생 에피메테우스에게 선물로 보낸다. 그때 제우스도 역시 판도라에게 작은 상자 모양의 선물을 하나 준다. “절대로” 열어 봐서는 안 된다는 조건과 함께! 하지만 이때 이미 제우스는 알고 있었던 것이다. 인간이란 “절대로” 해서는 안 된다고 하는 것은, 바로 그 “절대로” 해서는 안 된다는 이유 때문에, 반드시 하고야 마는 존재라는 것을! 멋진 남자 에피메테우스와 사랑하며 행복한 날들을 보내던 여인 판도라는 호기심을 이기지 못하고 결국 이 상자를 열어 보게 된다. 뭐, 그 다음에 무슨 일이 일어났는지는 누구나 다 아는 일일 게다. 지상에 온갖 악이 만연하게 되었다. 몸을 해치는 질병이 생겨났고, 마음을 해치는 질투와 원한과 복수의 감정들이 인간에게 생겨났다. 하지만 놀란 판도라가 얼른 뚜껑을 닫아 희망은 여전히 그 안에 남았다. 우리가 어떤 어려움에 처해 있어도 희망을 완전히 잃지 않는 것은 이 때문이라고 한다. 어찌 됐건 판도라는 모든 것을 다 가졌고 게다가 사랑하는 남자마저도 얻었건만, 뭐가 아쉬워서인지는 모르겠으나 결국은 제우스가 준 그 상자, “절대로” 열어 보지 말라 했던 그 상자를 열어 봄으로써 세상에 원래 있던 선 이외에 악을 소개했으며, 인간에게 선악 선택의 자유와 그에 대한 책임이라는 짐을 지게 했고, 이로써 황금시대의 종말을 가져왔다. 이렇게 보면 결국 선악 선택의 자유, 즉 인간의 자유의지는 제우스가 보낸 것인데, 인간을 그토록 혐오했던 제우스가 선물로 이런 것들을 보냈을 리가 만무하지 않은가 말이다. 따라서 어느 모로 보나 선악 선택의 자유는 본래 인간에 대한 벌이고 또 신의 저주로 기획되었음이 분명해 보인다.

그리고 이것의 대가로 인간이 무엇을 치렀을까? 그것은 바로 에덴으로부터의 추방이요 황금시대의 상실이다. 참으로 엄청난 대가가 아닐 수 없다. 죄악이 없는 행복한 시대, 땅은 노동이 없어도 인간에게 필요한 모든 것을 생산해 주고, 꽃은 씨를 뿌리지 않아도 피고, 냇물은 우유와 술과 함께 흐르고, 춥지도 덥지도 않고 사시사철이 영원하고 풍요로운 봄이었던 에덴동산과 황금시대를 주고 인간은 선악 선택의 자유를 얻은 것이다. 하지만 인간이 원래 마조히스트로 만들어진 것인지는 모르겠으나, 인간은 이 선악 선택의 자유라는 벌을 아주 달게 받으며 나중에 가서는 원래의 에덴동산과 황금시대를 다시 가져다준다 해도 이 벌과 바꾸지 않겠다고 할 정도로 그것을 사랑하게마저 되었고, 결국에는 그것이 없이는 인간이 아니라고까지 생각하게 되었다.

《지하생활자의 수기》에서 도스토옙스키는 이런 제반의 문제들, 악이 없는 상태에서 선을 행할 수밖에 없는 것이 인간에게 진정한 행복인지, 아니면 악을 선택할 수 있고 그로써 고통을 받으며 자신의 자유의지를 지니는 것이 인간에게 진정한 행복인지를 지하 인간을 통해 문제 제기하고 리자와의 만남을 통해 그 해답을 제시하려 한다. 이런 철학적 문제를 논해야 하다 보니 이 지하 인간은 어쩔 수 없이 행동하는 인간이 아닌 사색하는 인간일 수밖에 없고, 또 그 사색의 양은 일반인의 그것보다는 훨씬 용량이 큰 지식인의, 그것도 한껏 비뚤어지고 과장되게 부풀려 버린 대용량이 되었다.

하지만 끊임없이 떠들어 대는 지하생활자의 수다를 그저 헛소리로 치부해 버리기에는 너무도 많은 진실이 그 안에 깃들어 있어, 사색하는 인간이라면 누구나 자기 안에 어느 정도의 지하가 있음을 인정하지 않을 수 없게 된다.

역자는 삶에 대해 맹목적일 정도로 긍정적이고, 삶에 대한 애착과 의무감은 그 크기에 있어 타의 추종을 불허하며, 삶이 아무리 커다란 장애를 내 앞에 가져다 놓더라도 처음엔 울고불고 야단하지만, 다음 날이면 언제나 오뚝이처럼 불쑥 일어나 삶이 내게 준 장애를 신이 나를 사랑하기에 보내 준 선물이라 여기며 기꺼이 보듬어 낸다. 고리타분하게도 권선징악을 철석같이 믿으며, 착하고 성실하게 살면 복을 받을 수밖에 없으니, 태산만 한 장애가 내 앞에 떡 버티고 있다 하더라도 나는 벌 받을 짓을 한 적이 별로 없으니, 벌이 아니라 선물일 수밖에 없다고 자위하는 그런 바보스러울 정도로 억척스런 삶 예찬론자다.

하지만 이런 나도 지식인이기에(그렇다. 마흔 줄에 들어선 역자는 스스로를 지식인이라 칭하는 데 일말의 주저함도 없다. 그만큼 두꺼워졌단 얘기도 되겠지만, 삶을 그만큼 성실하게 살아왔기에 내 보기에도 그 안에 제법 많이 쌓여 있는 것 같아 그렇다) 어쩔 수 없이 사유의 양은 현실을 살아가기에 필요한 양보다 너무 많아 차고도 넘치니, 그 넘치는 사유의 양이 가슴팍 한쪽에 모여 작은 웅덩이를 이루었다. 여느 지식인들처럼, 나도 이 웅덩이가 내 가슴 전체에 어두운 색을 드리우지 못하도록, 또 좋지 않은 냄새를 풍기지 못하도록 그 둘레에 벽을 쌓고 지붕도 만들어, 가슴속에 작은 방 한 칸을 마련했다. 이것이 바로 지식인의 숙명인 지하실이고, 그런 지하가 내 가슴속에도 있을 수밖에 없었다.

하지만 이제 생의 후반부를 살아가는 내 가슴속 지하는 더 이상 나쁜 냄새를 풍기지도 않으며, 어둡고 부정적인 잉여의 사유들이 엉켜 있지도 않다. 대신 내 지하에는 매일 새벽 나의 애마 킹스로드(King's Road) 위에서 내가 들이켜 내 안에 쌓아 놓은 새벽의 신선한 태양들이 수십

개나 있다. 삶이 내게 어렵고 힘든 일을 선물할 때마다 하나씩 꺼내어 쓰려고 나는 매일 아침 새벽과 함께 태양을 들이켠다. 내 지하는 저 파란 하늘에 빛나는 태양만큼이나 밝고 아름다우리라.

생을 뒤돌아보면, 아름답고 평화로운 평원도 있었지만, 험난한 산도 있었고, 태풍이 몰아치는 바다도 있었다. 바로 그래서 삶이 아름다운 것이 아니었나 싶다. 그것이 운명의 장난이건, 자유의지에 의해 우리가 선택한 결과로 지게 되는 고통이건 간에, 그 모든 것을 두 팔 벌려 보듬어낼 때, 그때야말로 최초에 우리에게 주어진 선택의 자유, 즉 자유의지의 의도가 벌이었든 저주였든 간에 그것은 상이 되고, 선물이 되는 것이다. 인간이 자유의지와 맞바꾼 황금시대는 기억의 한쪽에 남아서 우리에게 영원한 꿈이 된다. 꿈은 꿈으로 남아 있을 때 가장 아름다운 것이다. 또 그것을 기억의 한쪽에 갖고서 꿈꿀 수 있는 능력이 있는 것만으로도 인간은 복 받은 존재가 아닌가 싶다.

출판사 지식을만드는지식에서 의뢰를 받은 덕택에 도스토옙스키의 작품을, 그것도 내가 석사 논문을 썼던 작품을 다시금 원어로 읽게 되어서 너무도 행복했다. 이십 대 초반에 석사 논문을 쓸 때와는 또 다른 맛이 났다. 도스토옙스키의 작품들은 읽을 때마다 내게 새로운 기쁨을 선사한다. 작품을 번역하며 다시 한번 확인하게 된 것이지만, 역시 내가 사랑하는 도스토옙스키는 정말이지 역사상, 그리고 세계문학 속에서 겨룰 자가 없을 정도로 가장 위대한 작가다. 문학작품의 번역은 다른 실용서의 번역과 달라서 책을 한 권 다시 쓰는 것이나 마찬가지일 정도로 힘든 작업이지만, 그만한 산고를 겪고 태어난 번역본이기에 더 애착이 가고 더 사랑스럽다. 여기에 번역하여 소개하는《지하생활자의 수기》는 1956년 모스크바의 순수문학을 담당하는 정부 출판사(Государственное издательство художественной литературы)에서 발간한 도스토옙스키 전집 총 10권 중 제4권을 사용했다.

수다쟁이 지하생활자의 말은 한 문장이 한 문단을 이룰 정도로 너무도 길어서, 최대한 그 문체를 살려 내며 번역하려 노력했지만, 독자의 이해를 돕고자 어쩔 수 없이 긴 문장을 짧게 자르기도 하고, 내용의 명확한 전달을 위해 길고도 긴 의미 단위들을 작은 의미소들로 잘라 내기도 했다. 번역이 갖는 어쩔 수 없는 한계라고 여기며, 최소한 일반 독자들이 읽어 내기에 그만큼 편안하지 않을까 자위한다. 또《지하생활자의 수기》가 도스토옙스키의 작품 중에서도 이해하기가 그리 만만한 작품은 아닌데, 그것을 조금이라도 단순하게, 조금이라도 쉽게, 그러면서도 내용 전개에 무리가 없도록 발췌를 하는 것이 그리 녹록하지는 않았으나, 독자를 위해, 또 지만지 출판사의 엄청난 프로젝트를 위해 작은 힘이라도 보탤 수 있다고 생각하며 행한 행복한 작업이었다. 인문학의 부흥을 위해 3000종 이상의 고전을 출간하겠다는 프로젝트를 진행하며 애쓰고 계신 지식을만드는지식 관계자분들께, 한 인문학도로서 진심으로 감사드린다.

2010년 7월

김정아

1부
지하실

이 수기의 저자는 물론이고 〈수기〉 그 자체도 지어낸 것이다. 그럼에도 불구하고 우리 사회의 성립에 널리 영향을 준 여러 상황을 고려한다면 이 수기의 작가와 같은 인물이 우리 사회에 존재한다는 것은 조금도 이상할 것이 없으며 오히려 당연히 그래야 한다는 생각이 들 정도다. 나는 최근에 가장 특징적이었던 유형 중의 하나를 좀 더 또렷하게 사람들 앞에 끌어다 내보이고 싶었다. 이자는 아직도 명맥을 유지하고 있는 바로 전 세대의 대표자 중 하나다. 〈지하실〉이라는 제목이 붙은 이 글에서 자기소개와 아울러 자신의 견해를 피력하는 동시에 이런 인물이 우리들 속에 나타났던, 아니 나타나지 않을 수 없는 이유를 분명히 밝히고 싶어 하는 듯하다. 다음 글에서는 그의 인생에서 일어난 몇몇 사건들을 담은 이 인물의 진짜 〈수기〉가 이어질 것이다.

표도르 도스토옙스키

1

나는 병든 인간이다…. 나는 사악한 인간이다. 나는 남이 좋아할 데라곤 통 없는 그런 인간이다. 내 생각에 나는 간이 안 좋은 것 같다. 하지만 나는 내 병에 대해 조금도 모를 뿐더러 정확히 어디가 아픈지도 잘 모르겠다. 의학과 의사를 존경하기는 하지만 지금 현재 의사에게 치료를 받고 있는 것도 아니고, 그렇다고 과거에 치료를 받은 적이 있는 것도 아니다. 게다가 나는 아직도 극도로 미신적이다. 뭐, 의학 같은 걸 존경할 정도로 미신적이라는 소리다(미신적이 되지 않을 만큼 교육도 충분히 받았지만, 그럼에도 불구하고 나는 미신적이다). 아니, 내가 의사에게 진찰을 받지 않는 것은 순전히 증오심 때문이다. 아마도 이런 심보를 여러분은 잘 이해하지 못할 것이다. 그러나 뭐, 좋다. 나는 알고 있으니까. 물론 이 경우 내 증오심으로 누구를 괴롭힐 수 있는지 여러분에게 설명할 재간은 없다. 내가 의사에게 치료받지 않는다고 해서 그것 때문에 의사들이 어떤 '피해를 입는 것'이 아니라는 것쯤은 나도 잘 안다. 그런 짓을 해 봤자 해를 입는 건 다른 누구도 아닌, 오직 나 자신뿐이라는 걸 내가 제일 잘 안단 말이다. 하지만 그래도 역시 의사에게 치료를 받지 않는 것은 확실히 증오심 때문이다. 간이 아프다면, 그 녀석 훨씬 더 아프게 내버려 두어라!

나는 이미 오래전부터, 그러니까 거의 20년이나 이렇게 살고 있다. 내 나이 이제 마흔이다. 전에는 직장 생활을 했지만 지금은 그렇지 않다. 나는 사악한 관리였다. 나는 좀 잔인하게 굴었고 그 속에서 만족을 찾곤 했다. 사실 나는 뇌물을 받지 않았기 때문에, 이런 걸로라도 보상을 받아야 마땅하다고 생각했다(형편없는 변명 같지만, 그렇다고 이 부분을 지우지는 않겠다. 아주 멋지게 될 것 같아 이 부분을 쓰기 시작했는데, 이제 와서 보니 내가 생각해도 그냥 볼썽사납게 우쭐거리고 싶었을 따름이라는 것을 잘 알겠다—그래도 일부러라도 지우지 않겠다). 내가 앉아 있는 책상 앞으로 청원자들이 이런저런 일을 문의하러 다가오면 나는 그들에게 이를 부르르 갈았고, 그렇게 해서 그들 중 누군가의 기분을 상하게 했을 땐 억제하기 힘든 쾌감을 느꼈다. 이건 거의 언제나 성공이었다. 청원자들이란 누구나 알다시피 태반이 겁 많은 족속들이니 말이다.

(…)

좀 전에 내가 사악한 관리였다고 말했는데, 그건 나 자신을 중상모략한 것이다. 증오심 때문에 중상한 것이다.

사실은 청원자들과 장교를 상대로 그저 장난을 좀 쳤을 뿐이지, 본질적으로 나는 절대로 사악한 사람이 될 수가 없었다. 오히려 나의 내부에는 그와 정반대되는 요소들이 무척 많이 넘쳐 나고 있다는 것을 줄곧 의식하고 있었다. 나는 그 정반대되는 요소들이 내 내부에서 요란스레 꿈틀거리고 있음을 느꼈던 것이다. 나는 그것들이 평생토록 내 내부에서 꿈틀거리며 밖으로 나오려고 몸부림치고 있는 것을 알면서도, 그놈들을 밖으로 내보내지 않았다. 꽉 누르고 일부러라도 밖으로 내보내 주지 않았다. 그놈들이 나를 괴롭혀서 심한 수치스러움을 느껴 거의 경련을 일으킬 정도였다. 그러다 나중엔 결국 놈들에게 완전히 질려서 두 손 두 발 다 들어 버리고 말았다. 이런 말을 하니까, 여러분은 내가 여러분 앞에서 뭔가 참회라도 하고, 또 내가 여러분에게 뭔가 용서 같은 걸 구하고 있다고 생각하는가? 아니, 틀림없이 그렇게 생각하고 있을 게 뻔하다…. 하지만 분명히 단언해 두겠는데 여러분이 그렇게 생각하든 말든 나는 아무 상관없다….

나는 사악한 인간이 못 되는 건 말할 나위도 없고, 아예 아무것도 될 수가 없었다. 사악한 인간도, 착한 인간도, 비열한 인간도, 정직한 인간도, 영웅도, 벌레도 될 수가 없었다. 그래서 지금은 이렇게 내 방구석에 틀어박혀서, 현명한 인간이라면 진정 아무것도 될 수가 없다, 뭔가가 될 수 있는 것은 오직 바보뿐이다, 하는 아무짝에도 쓸모없는 악의에 찬 위안으로 나 자신을 약 올리고 있을 뿐이다. 그렇다, 19세기의 현명한 인간이라면 무엇보다 정신적으로 개성이 없는 존재가 되어야 한다. 반면 개성이 있는 인간, 즉 활동가는 근본적으로 어리석은 존재들이다. 이것이 40년 동안 내가 지녀 온 신념이다. 내 나이 지금 마흔인데, 사실 마흔이라는 것은 그야말로 인간의 전 생애다. 정말이지 마흔이면 늙을 대로 늙은 나이다. 40년 이상 산다니 그건 꼴사납고, 속되고, 부도덕하다! 어디 한번 정직하게, 거짓 없이 대답해 봐라, 마흔이 넘도록 살고 있는 사람들은 대체 어떤 사람들인가? 나보고 말하라고 한다면 바보와 불한당뿐이라고 대답하겠다. 나는 모든 노인장들의 눈을 똑바로 보고 이렇게 말할 것이다. 모든 존경 받는 노인들, 탐스러운 은발에 향기를 풍기는 모든 노인들에게 이 말을 해 줄 것이다. 눈을 똑바로 쳐다보며 전 세계에다 이 말을 해 줄 것이다. 내게는 이렇게 말할 권리가 있다. 왜냐하면 나 자신은 예순 살까지 살 테니까. 아니 일흔 살까지라도 살 것이다! 아니 여든 살까지라도 살아 내고야 말겠다! …잠깐! 잠깐 숨 좀 돌리자….

아마 여러분은 내가 여러분을 웃기고 싶어서 이런 소

리를 한다고 생각할 것이다. 하지만, 천만의 말씀. 나는 여러분이 생각하는 것 같은, 아니 여러분이 현재 생각하고 있을지도 모르는 그런 유쾌한 사람이 전혀 못 된다.

하지만, 여러분이 나의 이런 수다에 짜증이 나서(내게는 벌써 여러분의 짜증이 느껴진다) 그럼 그렇게 말하는 너는 대체 어떤 놈이냐? 하고 물을 생각이 든다면, 나는 일개 8등관[1]이요, 하고 여러분에게 대답할 것이다. 나는 입에 풀칠을 하기 위해(오직 이 때문에) 직장에 다녔지만, 작년에 먼 친척이 6천 루블의 유산을 내게 남겨 주었기 때문에 당장 사표를 내고 이 구석에 틀어박혀 버렸다. 예전부터 이 방구석에서 살고 있긴 했지만, 이번엔 아주 틀어박힌 것이다. 더럽고 추접한 내 방은 도시의 변두리에 있다. 내 하녀는 시골 노파로 머리가 둔한 여자가 흔히 그렇듯 심술 사납고, 몸에서는 늘 고약한 냄새를 풍겼다. 사람들은 내게 페테르스부르크의 기후가 내 몸에 해롭고, 나처럼 보잘것없는 재정 상태로 페테르스부르크라는 대도시에 사는 것은 지나친 사치라는 말을 자주 한다. 이 모든 건 나도 잘 아는 사실이다. 풍부한 경험과 지혜를 바탕으로

1) 제정러시아의 관등은 14계급으로 나뉘어 있어 8등관은 군인으로 말하면 소령, 문관으로 말하면 과장급에 해당한다.

이런 충고를 해 주고 고개를 끄덕이며 아는 척하는 작자들보다 내가 훨씬 더 잘 안단 말이다. 그러나 나는 여전히 페테르스부르크에 남아 있다. 페테르스부르크를 절대 떠나지 않을 것이다! 내가 왜 안 떠나느냐 하면… 에잇! 사실 내가 떠나든 말든 그게 무슨 상관이야!

자, 그건 그렇다 치고, 그럼 훌륭한 사람이 가장 큰 만족감을 맛보며 얘기할 수 있는 화제란 대체 무엇일까?

대답: 자기 자신에 관한 것.

자, 그럼 나도 나 자신에 관한 얘기를 해 보겠다.

2

여러분, 지금부터 내가 하려는 얘기는 여러분이 듣고 싶어 하든 말든 간에 내가 왜 머릿니[2]조차 되지 못했는가에 대한 것이다. 여러분에게 엄숙히 말하건대, 나는 이가

---

2) 머릿니 : 도스토옙스키의 전 작품에 반복적으로 계속해서 등장하는 라이트모티프로 남에게 해를 입히는 존재를 의미한다. 예를 들어 《죄와 벌》에서도 주인공 라스콜리니코프는 전당포 노파를 가난하고 힘없는 사람의 피를 빨아먹는 "이"라고 부르며, 노파 살해를 "이 한 마리"를 죽인 것으로 칭한다.

되고 싶었던 적이 한두 번이 아니었다. 하지만 나는 그만한 가치도 없는 놈이었다. 여러분 앞에 맹세하건대, 여러분, 너무 많이 의식하는 것은 병이다. 그것도 정말로 심각한 병이다. 인간이 일상생활을 하기 위해서는 일반 세상 사람들이 갖는 의식의 양만으로도 지나칠 정도로 충분하다. 즉, 이 불행한 19세기에 태어나, 그것도 모자라 지구상에서 가장 추상적이고 인위적인 도시 페테르스부르크(도시에도 인위적인 것과 인위적이 아닌 것이 있다)에 산다는 이중의 불행을 짊어진 지적 인간에게 주어진 의식량의 2분의 1, 아니 4분의 1만 있으면 차고도 넘친다. 이를테면, 소위 본능적인 인간들과 활동가들이 지니고 있는 정도의 의식만 있으면 그것만으로도 충분하다는 말이다.

(…)

의식 과잉뿐만이 아니라, 어떤 종류의 의식이라도 그것 자체가 병이라고 나는 굳게 확신한다. 정말로 그렇다고 나는 강력히 주장하는 바다.

(…)

쾌락이란 자신의 굴욕을 너무도 선명하게 의식하는 데서 오는 것이다. 다시 말해 다음과 같은 것들을 실감하는 데서 오는 것이다. 결국 막다른 벽에 부딪혔구나, 추접하지만 달리 어쩔 도리가 없구나, 더 이상 출구도 없고, 그렇다고 다른 사람이 될 수도 결코 없구나, 아니 설사 다른 사람이 될 수 있는 여유나 자신감이 아직 남아 있다손 치더라도 당사자인 내가 그 변화를 원하지 않을 것이고, 설령 원한다 하더라도 사실 무엇으로 변해야 할지 마땅한 대상이 없을 테니, 그건 말뿐이지 실제로는 아무 행동도 하지 않을 것이로구나 하는 점을 스스로 처절하게 깨닫는 데서 쾌락이 오는 것이다. 그러나 뭐니 뭐니 해도 가장 중요한 점은 이런 모든 것이 강한 자의식 고유의 정상적인 법칙과 이 법칙들에서 직접 파생되는 타성에 의해 진행된다는 점이다. 따라서 이런 경우엔 뭔가로 변하는 건 고사하고 도무지 아무것도 할 수 없게 되는 것이다. 이를테면 이런 강한 자의식의 결과는 다음과 같다. 만일 본인이 자신을 정말로 비열한 놈이라고 느끼고 있다면 비열한 놈이 되는 것이 옳은 일이다. 왜냐하면 그것이 비열한 놈에게는 오히려 마음 편한 일일 테니까 하지만 이제 됐다…. 에잇, 이런저런 쓸데없는 소리를 마구 지껄여 대긴 했지만 대체 무얼 설명할 수 있었겠나? …과연 쾌락이라는 것이 무엇으로 설명이 된단 말인가? 하지만 나는 끝까지 설명해 보이겠다. 어떤 일이 있어도 끝장을 보고야 말겠다! 내가 펜을 든 것도 바로 그 때문이니까….

예를 들자면, 나는 자존심이 끔찍이도 강하다. 나는 꼽

추나 난쟁이처럼 의심이 많고 곧잘 모욕감을 느끼는 성격이지만, 이러한 나도 만일 누군가에게 따귀라도 얻어맞게 된다면 오히려 얼씨구나 하고 기뻐하게 될지도 모른다는 생각이 든 적도 여러 번 있었다. 심각하게 하는 말인데, 나는 여기서도 나름의 쾌락을 찾아낼 게 분명하다. 물론 그것은 절망의 쾌락이긴 하겠지만, 절망 속에서야말로 몸을 불사를 만한 쾌락이 있는 경우가 많은 것이다. 특히 도망갈 구석이 전혀 없는 자신의 상황을 뼈저리게 의식할 때는 더더구나 그렇다. 방금 말한 따귀 맞는 얘긴데, 이럴 경우 당장 자기 낯짝이 회복할 수 없을 정도로 뭉개졌다는 의식에 짓눌릴 것이다. 그런데 여기서 가장 중요한 점은, 아무리 사방을 둘러보아도 내가 가장 먼저 나쁜 놈이 되어 버린다는 점이며, 그보다 더 울화가 치미는 것은, 말하자면 자연의 법칙에 따라 아무 죄도 없이 그냥 죄인이 되어 버린다는 사실이다. 첫째, 나는 내 주위의 어떤 사람보다도 똑똑하기 때문에 죄인이다(나는 자신이 주위에 있는 그 어떤 사람보다 더 똑똑하다고 늘 생각해 왔고, 여러분이 믿을지 어떨지는 모르겠지만, 이따금씩은 이런 사실 때문에 양심의 가책이 들기도 했다. 그래서 적어도 나는 평생 동안 어딘가 외딴 곳을 바라보았지 차마 사람들의 눈을 똑바로 볼 수가 없었다). 내 두 번째 죄는 설사 내 안에 관용의 미덕이 있었다 할지라도, 그것이 아무짝에도 쓸모가 없다는 것을 의식하고, 또 이 때문에 오직 나의 고통만 더 커질 뿐이라는 점이다. 설령 관용의 미덕이 있다 할지라도 그것으로 용서를 한다거나 하는 짓은 할 수가 없기 때문이다. 왜냐하면 가령 어떤 놈이 나를 때렸다고 해도 그것은 자연의 법칙에 따른 일일 텐데, 자연의 법칙을 용서하고 말고는 말이 되지 않으니 말이다. 하지만 그렇다고 해서 잊어버릴 수도 없는 일이다. 왜냐하면 아무리 그것이 자연의 법칙이라 하더라도 울화가 치미는 데는 변함이 없기 때문이다. 마지막으로 설령 내가 관용의 미덕 같은 걸 다 집어치우고, 오히려 나를 모욕한 놈한테 복수할 생각을 품더라도 나는 그 어떤 일로든 아무한테도 복수를 할 수가 없게 된다는 점이다. 왜냐하면 설령 그것이 가능하다고 해도 그걸 실행에 옮길 결단을 내리지 못하기 때문이다. 그렇다면 왜, 어째서 결단을 내리지 못하는가? 이 점에 대해 특별히 한두 마디 언급해 두고 싶다.

3

정말이지 복수를 할 줄 아는 사람, 더 넓게 말해 자기 고집을 부릴 줄 아는 사람들의 경우, 예컨대 대체 어떤 식으로 그렇게 되는 것일까? 그들의 경우에는 일단 복수의 감정이 일어났다 하면 적어도 그동안은 그들의 전 존재로부터 복수 이외의 감정은 모두 사라져 버리게 된다. 이런 사람들은 미친 듯 성난 황소처럼 뿔을 낮게 숙이고 목표를 향해 맹렬히 돌진하여 벽에 부딪히고 나서야 비로소 거기서 정지한다. (말이 나온 김에 덧붙이자면, 이러한 사람들, 즉 즉흥적인 인간들과 활동가들은 벽에 부딪히기가 무섭게 진정으로 패배를 자인한다. 우리처럼 생각하는 사람, 따라서 아무것도 하지 않는 사람들과는 달라서, 그들에게 있어 벽이란 방향을 틀 건수도, 또 가던 길을 되돌아가게 만드는 핑곗거리도 되지 못한다. 우리 같은 사람이라면 보통 자신도 믿지는 않지만, 그래도 옳다구나 하고 이런 핑계가 생긴 것에 몹시 기뻐한다. 하지만 그들은 정말 진정으로 항복해 버린다. 그들에게 있어 벽이란 뭔가 평온함을 가져다주고, 정신적인 해결책을 제시해 주는 최종적인 판결 같은 것이며, 아니 어쩌면 거의 신비적인 의의까지 지닌 그런 것이다…. 하지만 벽에 대해서는 나중에 다시 얘기하기로 하자.) 뭐, 그러니까 나는 다름 아닌 이러한 즉흥적인 인간이야말로 본래의 의미에서 진정한 인간, 정상적인 인간이라고 생각하고 자비로운 어머니인 자연이 친절하게도 이 지상에 최초의 인간을 낳을 때 보고 싶어 했던 것도 바로 이런 모습의 인간이었으리라 짐작한다. 이런 인간을 보면, 나는 배알이 꼴리도록 부러워 미칠 지경이다. 이런 인간들은 멍청하다. 그 점에는 나도 이의가 없다. 그런데 정상적인 인간은 반드시 멍청해야만 하는 것인지도 모르겠다. 그 이유를 여러분은 아는가? 어쩌면 멍청한 것이 오히려 아주 아름다운 것일지도 모른다. 내가 말하자면 이런 의혹에 대해 점점 더 확신을 굳히게 된 것은 다음과 같은 근거에서다. 예컨대 정상적인 인간의 안티테제, 즉 자연의 품에서 태어난 것이 아니라 증류기에서 태어난 자의식이 강한 인간(이렇게 되면 거의 신비주의에 가깝지만, 여러분, 나는 그런 상상도 해 본다)을 보면, 이 증류기 인간은 자기의 안티테제 앞에서 무릎을 꿇고, 강한 자의식을 가지고 있으면서도 스스로 자신을 인간이 아니라 한 마리의 쥐라고 기꺼이 간주해 버리는 경우가 종종 있다. 설사 강한 자의식을 가지고 있다 하더라도 쥐는 역시 쥐인 것이다. 하지만 여기 있는 건 인간이고, 따라서, 뭐… 기타 등등이라는 소리다. 여기서 중요한 것은 그가 스스로, 정말로 자기가 자발적으로 자신을 쥐라고 생각한다는 점이다. 누가 제발 좀 그러라고 사정하는 것도 아닌데, 저 스스로 그런다는 것, 바로 이게 중요한 점이다.

그럼 이제 이 쥐의 행동 양상을 한번 살펴보자. 예를 들어 이 쥐도 역시 모욕감에 젖어 있고(물론 이놈은 거의 언제나 모욕감에 젖어 있지만), 역시나 복수할 생각을 하고 있다고 치자. 이놈의 마음속에는 '자연과 진리의 인간'[3]보다 훨씬 더 많은 증오심이 쌓여 있을 것이다. 또 눈에는 눈으로, 즉 자기를 모욕한 자에게 똑같은 증오심으로 앙갚음하려는 추악하고 저열한 욕망도 이놈의 마음속에선 자연과 진리의 인간 이상으로 더욱 추하게 들끓고 있을지도 모른다. 왜냐하면 자연과 진리의 인간은 타고난 멍청함 때문에 자기의 복수를 그냥 정의의 실현이라고 여기지만, 쥐는 강한 자의식의 결과, 정의 그 자체를 부정하기 때문이다. 그러다 결국에는 일 자체, 복수 행위 자체에까지 이르게 된다. 불행한 쥐는 원래 있던 하나의 추악함뿐만이 아니라, 다른 많은 추악한 것들을 의문과 의혹의 형태로 자기 주위에 잔뜩 쌓아 버렸다. 하나의 의문에서 너무도 많은 미해결의 문제가 줄줄이 나오게 되면, 쥐의 주위에는 어쩔 수 없이 어떤 숙명적인 더러운 물이, 악취가 물씬거리는 시궁창 물이 괴게 된다. 쥐 자신의 의혹, 동요, 그리고 나

---

3) 자연과 진리의 인간(l'homme de la nature et de la vérité) : 자연 그대로 조금도 이지러지지 않은 인간을 말하는 것으로 루소의 자연인을 풍자한 말.

아가 심판관이나 독재자처럼 잘난 체하며 쥐를 에워싸곤 커다란 목소리로 껄껄거리며 비웃어 대는 즉흥적인 활동가들이 쥐에게 내뱉은 침, 이런 모든 것들이 시궁창 물을 이루는 구성 성분이 된다. 말할 것도 없이 쥐로서는 모든 것을 깨끗이 체념했다는 표시로 자기의 짤막한 앞발을 한 번 흔들어 보이고는, 그 자신도 믿지 않는 경멸의 미소를 지으며 수치스럽게 자신의 쥐구멍으로 기어드는 수밖에 다른 도리가 없다. 그리하여 거기서, 즉 악취가 나는 더러운 자신의 지하실에서 모욕과 조롱에 짓이겨진 우리 쥐 군은 또다시 곧 냉랭한 독기에 찬, 그러면서도 영원토록 사라지지 않을 증오심 속으로 침잠한다. 그러곤 40년간이나 계속해서 자기가 받은 수모를 일일이, 또 가장 극악하고 수치스러운 세부 사항까지 죄다 생각해 내고, 또 그때마다 한층 더 수치스러운 디테일을 제멋대로 갖다 붙이고는, 자신의 공상 속에서 스스로를 더욱더 괴롭히고 초조하게 만든다.

(…)

죽음의 침상에 누워서도 역시 일체를 회상하지 않고는 못 배기는데, 거기에는 또 지금까지의 긴 세월에 쌓이고 쌓인 이자가 잔뜩 붙어 있을 것이다…. 하지만 사실을 말하자면, 이 냉랭하고 역겨운 절망 반, 희망 반의 상태, 즉 너무 괴로웠던 나머지 자신을 40년간이나 지하실에 생매

장한 사실, 또 이렇게 억지로 만들기는 했지만 그래도 여전히 의심스러운 점이 있는, 그렇다고 달리 출구도 없는 자신의 상황, 내부에 쌓아 둘 수밖에 없는 충족되지 못한 욕망이 내뿜는 독기, 영원불변의 결단을 내렸다고 생각하기가 무섭게 회한에 사로잡히곤 하는 이 모든 열병에 걸린 것 같은 끝없는 동요―바로 이 모든 것 속에야말로 내가 앞서 말한 이상야릇한 쾌락의 진짜 정수가 깃들어 있는 것이다. 이러한 쾌락은 너무나 미묘하고, 때로는 거의 의식할 수조차 없는 것이기 때문에 조금이라도 멍청한 사람이나, 혹은 그저 약간 무딘 신경을 가진 사람들조차도 그것에 관한 어떤 특성도 이해하지 못할 것이다.

(…)

쾌락의 미묘한 맛을 이해할 줄 모르는 무딘 신경을 가진 사람에 대해 좀 차분하게 얘기를 계속하고 싶다. 이런 사람들은 경우에 따라선 성난 황소처럼 목청껏 울부짖을 것이고, 그것으로 최고의 영예에 빛나기도 하겠지만, 앞서 말했던 것처럼 불가능한 일 앞에서는 금방 꼬리를 내린다. 불가능한 일이란 다시 말해 돌벽을 의미하는 것인가? 그렇다면 어떤 돌벽을 말하는 것인가? 그건 물론 누구나 다 아는 자연법칙이라든가 자연과학의 결론들, 또 수학 같은 것을 말하는 것이다. 예를 들어 인간의 조상이 원숭이라는 것이 증명되면 이러쿵저러쿵할 것 없이 그냥 깨끗이 받아들일 수밖에 없다는 것이다. 또 너의 지방 한 방울이 본질적으로 다른 사람의 지방 수십만 방울보다 더 소중한 것이고, 그러니까 소위 선행이라거나 의무라거나 하는 여러 망상이나 편견도 모두 해결될 것이라고 증명이 되면 그대로 받아들여야 하는 것이다.

"무슨 말도 안 되는 소리를 하는 거야!" 하는 사람들의 호통소리를 듣게 될 것이다.

"반항해 봤자 소용없어! 왜냐하면 2×2=4니까. 자연이 일일이 자네한테 물어볼 것 같은가? 자연은 자네가 무얼 원하는지, 또 그 법칙이 자네 마음에 들든지 말든지 눈곱만큼의 관심도 없거든. 그러니 자네는 자연을 있는 그대로 받아들여야 하고, 당연히 그 결과도 있는 그대로 받아들이지 않으면 안 되는 거지. 벽은 어디까지나 벽이니까…."

(…)

마치 이런 돌벽이 진실한 위안이고 거기에 참된 평화의 보증 같은 것이 있기라도 한 것 같지 않은가. 더구나 그 이유라는 것이 바로 2×2=4라는 그것뿐인데 말이다. 오, 이거야말로 어리석음의 극치다! 그렇다면 온갖 것을 이해하고, 모든 불가능성과 돌벽을 의식하는 편이 차라리 훨씬 낫다. 만약 타협하는 것이 역겹다면 불가능성과 돌벽, 그 어느 것과도 타협하지 않는 편이 훨씬 낫다. 그리하여 이번에도 자신에게 아무런 잘못이 없다는 것이 명백한 사실임에도 불구하고, 벗어날 길 없는 논리의 결합을 지나오면, 돌벽인지 뭔지에 대해서도 자기가 잘못이 있다는 그 영원불변의 주제에 대해 가장 혐오스러운 결론에 도달하게 된다. 그 결과 다만 묵묵히 무기력하게 이를 갈며 음탕하게 타성에 몸을 맡긴 채 헛된 몽상에 빠지게 된다. 그 몽상 속에서 증오심을 터뜨리려 해도 그 상대가 없다는 말이다. 정말 그럴 상대가 없다. 어쩌면 그 상대를 영원히 발견하지 못할지도 모른다. 이건 카드 판에서 사기 도박사가 곧잘 하는 수법으로 남의 눈을 속여 슬쩍 패를 바꿔치기하고 사기를 치는 그런 속임수 비슷한 것이어서 어딘가에 반드시 속임수가 잘 짜여 있을 것이다. 아니, 어쩌면 이것은 마치 시궁창 같아서 뭐가 뭔지, 누가 누군지 도저히 알 수가 없을 것이다. 그러나저러나 이렇게 통 영문도 모르겠고 뭔가 속임수를 당하는 것 같은 느낌에도 불구하고 역시 아픈 건 아픈 거다. 아니, 영문을 모르면 모를수록 아픔은 점점 더 심해지는 것이다!

4

"하－하－하! 이쯤 되면 자네는 치통 속에서도 쾌감을 찾겠다는 거로군!" 여러분은 웃으며 이렇게 소리칠 것이다.

"미안하지만 치통 속에도 쾌락은 있고말고요"라고 나는 대답할 것이다. "꼬박 한 달 동안 이가 아파 본 적이 있기 때문에, 치통에도 쾌락이 있다는 걸 난 잘 알고 있소. 이 경우 물론 묵묵히 증오심을 삭이는 게 아니라 끙끙거리는 신음 소리를 내기 마련이죠. 하지만 이것은 솔직한 신음 소리가 아니라 악의에 찬 신음 소리이죠. 바로 이 악의 속에야 말로 장난의 핵심이 들어 있는 것이죠. 이 신음 소리 속에 고통 받는 자의 쾌락이 잘 나타나 있어요. 만약 거기서 어떤 쾌락도 느끼지 않는다면 신음 소리를 낼 리가 없잖겠습니까? 이건 꽤나 좋은 예이니, 여러분, 여기에 대해 좀 더 얘기를 발전시켜 보도록 하죠. 첫째, 이 신음 속에는 우리 자의식에 있어 꽤나 굴욕적인 통증의 무목적성이 잘 표현되어 있지요. 이 모든 것이 자연법칙의 합법성일 텐데, 물론 여러분은 그런 것엔 침을 뱉겠지만, 그렇다고 해도 역시 여러분은 그것 때문에 고역을 치르고 있고, 자연법칙 쪽은 천연덕스레 하고 있는 것이죠. 여기에는 또 적은 아무 데도 보이지 않는데 고통은 여전히 존재한다는 의식도 표현되어 있는 거죠….

(…)

자, 그러니까 이런 피범벅이 된 굴욕감, 누구한테 받았는지도 모르는 이 냉소에서 마침내 쾌락이 시작되고, 이따금씩 그것은 극도의 음탕함에까지 이르게 되지요. 여러분께 부탁하겠는데 언젠가 기회가 된다면 19세기 교양인이 치통을 앓으며 내는 신음 소리를 한번 들어 보기 바랍니다. 그것도 이를 앓기 시작한 지 이틀이나 사흘째여서 첫날 그냥 이가 아프기 때문에 냈던 소리와 전혀 다른 신음 소리를 낼 때가 가장 좋습니다. 무지렁이 농사꾼의 신음 소리가 아니라, 진보와 유럽 문명의 영향을 받은 사람, 시쳇말로 '대지와 국민적 근원을 버린' 사람처럼 신음할 때를 들어 봐야 합니다. 그의 신음 소리는 뭐라 말할 수 없을 정도로 추잡하고, 더럽고, 악의에 차서 밤이고 낮이고 계속됩니다. 더구나 그 자신, 그렇게 끙끙 앓아 봤자 아무런 소득도 없고, 오히려 괜스레 자신과 남들의 마음을 상하게 하고 성질을 북돋을 뿐이라는 사실을 누구보다도 잘 알면서 말이지요.

(…)

뭐, 그러니까 바로 이 모든 자의식과 굴욕 속에 극도의 쾌락이 깃들어 있는 것이지요. '그래, 나는 지금 너희를 괴롭히고 마음을 상하게 하고, 집 안에 있는 모든 사람들을 잠도 제대로 못 자게 한다. 그래, 그럼 다들 잠도 자지 말고 내가 아프다는 사실을 시시각각 느끼란 말이다. 전에는 너희들에게 영웅처럼 보이려고 했지만 지금은 더러운 건달에 애물단지에 지나지 않는다. 뭐, 그러면 어때! 정체가 드러나서 오히려 정말 기쁘다. 나의 야비한 신음 소리가 듣기 역겹다고? 그래, 그럼 실컷 역겨워해라. 지금부터 한참 더 역겨운 소리를 들려줄 테니까…' 하는 식이지요. 여러분, 이래도 잘 이해가 안 갑니까? 아니, 아무래도 이 음탕한 쾌락의 미묘한 뉘앙스를 제대로 이해하려면 지적으로 좀 더 성숙하고, 의식적으로도 좀 더 고양되어야 할 것 같군요! 여러분, 지금 비웃고 있는 거요? 그렇다면 몹시 기쁘군요. 내 농담은 여러분, 물론 품위가 없고, 변덕스럽고, 앞뒤도 안 맞는데다가 자기 불신감마저 녹아 있으니 말이오. 하지만 그것은 바로 내가 나 자신을 존경하지 않기 때문이오. 자의식을 가진 인간이 대체 어떻게 자기 자신을 조금이라도 존경할 수가 있겠습니까?"

5

(…)

물론 자연법칙의 탓만으로 돌릴 수는 없는 것이겠지만, 어쨌거나 일평생 무엇보다도 나를 괴롭혀 온 것은 바로 이 자연의 법칙이다. 이 모든 것을 회상하는 것도 추악한 일이지만, 사실 그때도 추악하긴 했다. 아닌 게 아니라 1분도 안 되어서, 증오심을 품고서 이런 것은 전부 거짓말이고, 거짓말투성이다, 즉 이 모든 참회, 모든 감동, 모든 갱생의 맹세가 죄다 구역질 나는 허위다 하는 생각이 들기 시작한다. 그럼, 대체 무엇 때문에 내가 스스로를 괴롭히고 들볶았을까 하고 여러분은 물을 것이다. 그러면 나는 그냥 가만히 팔짱을 끼고 앉아 있는 것이 너무 무료해서, 바로 그래서 재주를 부려 본 것이라고 대답할 것이다. 정말 사실이 그렇다.

(…)

그래, 이 모든 것이 무료함 때문이다. 여러분, 이 모든 것이 무료함이 빚은 짓이다. 타성에 짓눌렸던 것이다. 실상 자의식의 합법적이고 참다운 직계 자손은 바로 타성, 즉 의식적인 수수방관의 상태다. 이 점은 이미 앞에서도 언급했지만 그래도 반복, 또 반복해서 말하자면, 즉흥적인 인간들과 활동가들이 활동적일 수 있는 것은 그들이 멍청하고 근시안적이기 때문이다. 이걸 대체 어떻게 설명하면 좋을까? 그래, 이렇게 설명해 보자. 그들은 근시안적이기 때문에 가까이에 있는 부차적인 원인들을 근본적인 원인으로 착각하고, 그렇게 해서 남들보다 더 빨리 더 쉽게 자기 행동의 확고한 근거를 찾았다고 확신하고, 그것으로 마음을 푹 놓아 버린다. 실상 이게 가장 중요한 점이다. 뭐니 뭐니 해도 일단 행동으로 옮기려면 그보다 앞서 만사를 안심할 수 있도록 아무런 의심도 남아 있지 않도록 해 둘 필요가 있으니 말이다. 그럼 예컨대 나 같은 사람은 자신을 어떻게 안심시킬까? 내가 의지할 수 있는 근본적인 원인들을 과연 내 안에서 발견할 수 있을까? 그런 것들을 대체 어디서 구할 수 있을까? 나 같은 사람은 이미 너무 많은 사색의 훈련을 해 왔기 때문에 어떠한 근본적인 원인을 끌어온대도 금세 다른, 보다 더 근본적인 원인을 끌어내고, 그 근본적인 원인은 그보다 더욱더 근본적인 원인을 끌어내어, 끝도 없이 꼬리에 꼬리를 물고 더 근본적인 원인들이 나온다. 이게 바로 모든 의식과 사색의 본질이다. 고로, 이것은 이미 예의 그 자연의 법칙인 것이다. 그렇다면 최종적인 결론은 무엇인가? 그것도 역시 마찬가지다. 내가 아까 복수에 대해 얘기한 것을 상기해 주시길 바란다(분명 여러분은 별 주의를 기울이지 않았겠지만). 내 말인즉, 인간이 복수를 하는 것은 거기서 정의를 발견하기 때문이다. 즉, 그는 근본적인 원인을 발견했고, 또 근거를 발견했으니 그것은 다름 아닌 정의다. 그랬으니까 그는 당연히 모든 면에서 안심할 수 있고, 따라서 자기는 명예롭고 정의로운 일을 수행하고 있다는 확신에 차서 푹 안심하고 성공적으로 복수를 할 수 있는 것이다. 하지만 나는 그런 데서, 눈을 씻고 봐도 아무런 정의도, 또 아무런 덕행도 찾을 수가 없으니, 복수를 한다면 그것은 순전히 증오심 때문이다. 증오심은 나의 모든 의혹 전부를 이겨 낼 수 있고, 그것이 진짜 원인이 아니기 때문에 오히려 근본적인 원인의 대역을 아주 성공적으로 해 낼 수 있다. 그런데 내게 증오심마저 없다면(조금 전 나는 바로 여기서부터 이야기를 시작했다) 그럼 대체 뭘 할 수 있겠는가? 나의 증오심은 이번에도 이 저주스러운 의식의 법칙에 따라 화학적 분해를 일으킨다. 그렇게 되면 복수의 대상은 어디론가 사라져 버리고 복수의 이유도 증발하고 만다. 죄가 있는 사람은 발견되지 않고, 모욕은 모욕이 아니라 숙명, 즉 치통 같은 것이 되어 버린다. 치통이란 누구의 잘못도 아니기 때문에, 이번에도 역시 그 똑같은 방법밖에 남지 않게 된다. 즉, 벽을 더 세게 칠 수밖에 없는 것이다. 어쨌건 근본적인 원인을 발견할 수가 없으니, 체념하고 손을 내저을 수밖에 다른 도리가 없다. 근본적인 원인이니, 의식이니 하는 것들을 쫓아내고서 가끔은 맹목적으로 자신의 감정에 흠뻑 빠져 봐라. 팔짱을 끼고 앉아 있기 싫다는 그 이유만으로 증오하든 사랑하든 해 보아라. 아무리 늦어도 모레면, 뻔히 알면서도 자기 자신을 기만했다는 이유로 스스로를 경멸하기 시작할 것이다. 결과적으로 남는 것은 비누 거품과 타성뿐이다. 오, 여러분, 내가 자신을 현명한 인간으로 여기는 것은 평생 동안 아무것도 시작할 수도, 끝낼 수도 없었다는 오직 그 이유 때문이다. 우리 모두가 그런 것처럼, 설령 내가 수다쟁이, 해롭지도 이롭지도 않은 수다쟁이라고 한들 그게 무슨 상관인가? 만약 모든 현명한 인간의 가장 중요하고 유일한 사명이 수다, 즉 허접스러운 이야기를 고의로 빈 그릇에다 옮겨 놓는 데 있다면 어쩔 것인가?

6

오, 만약 내가 아무것도 하지 않은 것이 단순히 게으름 때문이라면. 아아, 정말 그렇다면 나는 나 자신을 너무도 존경했을 텐데. 비록 게으름일망정 나의 내부에 무언가를 지닐 수 있다는 바로 그 이유만으로도 나 자신을 존경했을 것이다. 내 안에 자신이 확신할 수 있는 긍정적인 성질이 하나만 있다손 치더라도 그것은 존경할 만한 일이다.

질문 : 대체 넌 뭐하는 놈이냐?

대답 : 게으름뱅이.

자신에 대해 이런 말을 듣는 것은 정말로 유쾌한 일이다. 확실한 정의가 내려졌다는 소리고, 자신에 대해 뭔가 할 말이 있다는 소리니까. "게으름뱅이!" 이것은 정말이지 하나의 직함이자, 사명이며, 이력이다. 농담이 아니다. 정말로 그렇다. 그렇게 되면 나는 제일가는 클럽의 명실상부한 회원으로서 끊임없이 자신을 존경하는 일에만 전념하면 된다. 내가 아는 한 신사는 자기가 라피트[4]에 대해 잘 안다는 것을 평생의 자랑으로 삼았다. 그는 이것을 자신의 장점으로 여겼으며, 이것에 대해 한 치의 의심도 없었다. 죽을 때도 그저 평안한 정도가 아니라 자랑스럽게 여기며 죽어 갔다. 이 점에서 그는 지극히 옳았다. 나라면 다음과 같은 이력을 선택했을 것이다. 게으름뱅이에 대식가가 되었을 것이다. 그런데 그냥 평범한 게으름뱅이에

4) 라피트(Chateau Lafite) : 적포도주의 일종.

대식가가 아니라, 예를 들면 모든 아름다운 것과 숭고한 것에 공감하는 그런 부류 말이다. 여러분 마음에 드는가? 이건 내가 오래전부터 해 왔던 생각이다. 이 "아름답고 숭고한 것"은 내 나이 마흔에 정말 참으로 거세게 내 목덜미를 짓눌렀다. 하지만, 이건 내 나이가 마흔에 이른 지금의 얘기고 그때는, 그때는 전혀 달랐을 것이다! 그때는 나는 즉시 나 자신에게 맞는 행동을 찾았을 것인데, 그것은 다름 아닌 모든 아름답고 숭고한 것의 안녕을 위해 축배를 드는 것이다. 우선 내 술잔을 눈물로 채우고, 그러고 나서 모든 아름답고 숭고한 것을 위해 그 잔을 들이켜려고 온갖 건수를 만들었을 것이다. 그때의 나는 세상에 있는 모든 것을 아름답고 숭고한 것으로 바꿨을 것이다. 심지어 말할 수 없이 추악한 쓰레기 더미에서조차 아름답고 숭고한 것을 찾아냈을 것이다. 마치 물먹은 수세미처럼, 그렇게 걸핏하면 우는 울보가 될 것이다. 예를 들어 게[5]라는 화가가 그림을 그렸다고 치자. 당장에 나는 이 그림을 그린 화가 게를 위해 건배를 할 것이다. 왜냐하면 나는 모든 아름

5) 니콜라이 게(Николай Ге, 1831~1894) : 19세기 러시아 화가로 종교화에 사실주의적인 요소를 도입해 논의를 일으켰다. 도스토옙스키도 《작가일기》뿐 아니라 그의 여러 대작들을 통해 게의 그림을 혹독하게 비판했다. 여기서도 역설적이고 아이러니한 비꼬는 의미로 쓰였다.

답고 숭고한 것을 사랑하기 때문이다. 또 어떤 작가가 〈저마다 편한 대로〉[6]를 썼다고 한다면, 나는 모든 "아름답고 숭고한 것"을 사랑하기 때문에 "저마다 편한 대로"의 안녕을 위해 건배를 할 것이다. 그러나 그 보상으로 나는 자신에 대한 존경심을 요구하고, 나에게 경의를 보이지 않는 자는 끝까지 괴롭힐 생각이다. 조용히 살다가 자랑스럽게 죽어 간다는 것, 이건 정말로 멋진 일이다. 아마 이보다 더 멋진 일은 없을 것이다! 그렇게 되면 나는 뚱뚱한 배를 잔뜩 내밀고, 세 겹으로 된 턱에, 불그레한 딸기코를 매끈하게 손질하고 있을 것이고, 그러면 만나는 사람마다 나를 보며 "거참 난 사람일세! 진짜 긍정적인 구석이 있는 사람이야!"라고 말할 것이다. 여러분은 뭐라고 생각할지 모르지만, 오늘날 우리 시대 같은 부정적인 시기에 이런 평을 듣는다는 것은 정말이지 유쾌한 일이 아닐 수 없다.

---

6) 〈저마다 편한 대로(Как кому угодно)〉 : 도스토옙스키와 동시대의 러시아 작가인 살티코프-셰드린의 논문 제목이다.

7

그러나 이 모든 것은 황금빛 망상에 불과하다. 오, 말해다오, 대체 누가 처음으로 이런 의견을 내놓았는가? 인간이 추잡한 행위를 하는 것은 다만 자신의 진정한 이익을 모르기 때문이라고 선언한 자가 과연 누구인가? 만약 인간을 계몽해, 올바르고 참다운 자신의 이익에 눈뜨게 해준다면, 추잡한 행위 같은 것은 즉시 그만두고 선량하고 고결한 인간이 될 것이다, 왜냐하면 계몽되어 자기의 진정한 이익이 뭔지 제대로 이해한 사람은 필연적으로 선(善) 속에서 자신의 이익을 찾을 것이다, 또 주지하다시피 사람이면 누구나 뻔히 알면서 자신의 이익에 위배되는 일을 할 리가 없다, 그러니 필연적으로 선을 행할 수밖에 없는 것 아니겠는가? 하는 식이다. 오, 무슨 젖먹이 같은 소린가! 무슨 아무것도 모르는 천진한 어린애 같은 소린가! 그래, 첫째, 유사 이래 인간이 진정으로 자기의 이익 하나만을 위해 행동한 실례가 있는가? 사람들은 **뻔히 알면서도,** 즉 자신의 진정한 이익이 뭔지 아주 잘 이해하면서도 그것을 옆으로 제쳐 놓고 위험과 요행을 찾아 다른 길로 뛰어 들어갔음을 증명해 주는 수백만 개의 사실들을 대체 어떻게 부정할 것인가? 게다가 그들은 누구한테서도, 또 무엇으로부터도 강요를 당해 그렇게 한 것이 아니고, 그야말로 지정된 길을 가는 것이 싫다는 이유만으로 어둠 속에서 손으로 더듬듯 찾아가며, 힘들고 불합리한 다른 길을 고집스럽게 제멋대로 개척해 왔던 것이다. 그러고 보면 그들에게는 이 고집과 제멋대로가 어떠한 이익보다도 더 유쾌했다는 소리가 아닐까…. 이익! 이익이란 대체 무엇인가? 여러분은 인간의 이익이 진정 무엇인가를 정확하게 정의할 자신이 있는가? 그런데 만약 인간의 이익이 **때로는** 자신에게 유리한 것이 아니라 불리한 것을 바라는 데 있을 뿐만 아니라, 진정한 이익이란 반드시 거기에 있는 것이라면 어쩔 텐가? 만약 그렇다면, 그런 경우가 하나라도 있을 수 있다면, 법칙 자체가 무(無)로 돌아가고 말 것이다. 여러분은 어떻게 생각하는가? 그런 경우가 있을까? 여러분은 지금 나를 비웃고 있군. 그래 비웃어도 좋다. 하지만 다음 질문에는 대답해 주기 바란다. 즉, 인간의 이익이란 것이 완전히 정확하게 계산되어 있는가? 어떤 종류에도 포함되지 않을 뿐만 아니라 근본적으로 포함될 수도 없는 그런 이익들이 있지 않을까? 실상 여러분, 내가 아는 한 여러분은 통계 수치와 경제학 공식의 평균치를 가지고 인간 이익의 총(總)장부를 만들었다. 여러분이 말하는 이익이란 요컨대 안락함, 부유함, 자유, 평안 등등의 것들이다. 그러니 예를 들어 뻔히, 아주 잘 알면서도 이 총장부에 역행하는 인간은 여러분 눈에는, 뭐 물론 내 눈에도 마찬가지겠지만, 무지몽매한 작자거나 아니면 완전한 미치광이다. 그렇지 않은가? 하지만 정말 놀라운 건 바로 이 점이다. 이 모든 통계학자들, 현자들, 그리고 인류애를 부르짖는 인사들이 인간의 이익을 산정할 때, 항상 한 가지 이익을 빠뜨리는 일이 발생하는 건 대체 무엇 때문인가? 당연히 계산에 넣어야 하는 것이고, 심지어 계산 전체가 걸려 있는 문제인데도 그것을 계산에서 빠뜨린다. 이 문제의 이익을 표에 기입해 넣으면 별 큰 문제는 아니지 않느냐고 생각할 테지만, 이 불가사의한 이익은 어떤 분류에도 들어맞지 않고 또 어떤 표에도 넣을 수 없다는 게 바로 파탄의 원인이다.

(…)

바로 이게 문제인데, 여러분, 거의 누구에게나 그의 최상의 이익보다도 더욱 소중한 뭔가가 정말로 존재하지 않을까? 다시 말해 (논리에 어긋나지 않기 위해서) 다른 어떤 이익보다도 더 중요하고 더 유리한, 이익 중의 이익(이제 방금 말했던 항상 빠뜨리는 그 이익 말이다)이 있지 않을까? 이 이익을 위해서, 그에게 무엇보다 소중한 이익 중의 이익, 근본적인 이익을 손에 넣기 위해서, 필요에 따라서는 모든 법칙, 즉 이성과 명예와 평안과 안락, 다시 말해 모든 아름답고 유익한 것들에 역행할 준비가 되어 있다.

"허어, 그래도 어쨌거나 이익은 이익이구먼" 하고 여러분은 내 말을 가로막을 것이다. 그러나 실례지만, 이야기는 지금부터다. 문제는 이런 말장난에 있는 게 아니라, 이 이익이 뛰어난 이유는 바로 그것이 우리의 모든 분류법을 와해함은 물론, 인류애를 부르짖는 자들이 인류의 행복을 위해 만들어 놓은 전 체계를 모조리 파괴한다는 점에 있다. 한마디로 말해 이 이익이 전 체계를 혼란에 빠뜨리는 것이다. 하지만 이 이익의 이름을 여러분 앞에 밝히기 전에, 내 개인적인 명예가 손상될 것이라는 것을 뻔히 알지만, 대범하게 이렇게 선언하겠다. 이 모든 아름다운 체계, 즉 인류에게 참되고 정상적인 이익을 설명해 주면, 그 이익을 손에 넣기 위해 반드시 노력할 것이고, 그럼으로써 인류가 금세 선량하고 고결한 존재가 될 것이라는 이론은 지금 내 생각으로는 한낱 엉터리 논리에 불과하다! 그렇다, 말도 안 되는 엉터리 논리다! 정말이지 이렇듯 인류의 이익 체계를 통해 전 인류를 갱생할 수 있다는 이론은, 정말이지 내 보기엔, 거의 뭐와 같은가 하면… 그러니까, 예를 들어 버클[7]을 좇아 문명 덕택에 인간이 좀 더 온화하게 되었고, 그 결과 덜 잔인하게 되어 결국은 전쟁도 좀처럼 잘할 수 없게 된다고 주장하는 식이나 마찬가지다.

(…)

적어도, 문명 덕택에 인간이 보다 더 잔인해졌다고까지는 할 수 없더라도 확실히 그 잔인성이 예전보다 더 고약하고 추악해진 것만은 사실이다. 예전에는 유혈 속에서 정의를 보았기에 양심의 가책을 받을 필요도 없이 죽어 마땅한 자를 죽였지만, 작금의 우리들은 유혈을 추악하다고 여기면서도 어쨌건 여전히 이 추악한 짓을 계속 하고 있으며, 그 정도도 예전보다 더 심해졌다. 어느 쪽이 더 나쁜가? 그건 여러분의 판단에 맡기겠다. 흔히 말하길, 클레오파트라(로마사에서 예를 드는 걸 용서하시라)는 황금 바늘로 여자 노예의 젖가슴을 찌르는 걸 좋아했고 그들의 비명과 몸부림 속에서 쾌감을 느꼈다고 한다. 그러면 여러분은 이건 상대적으로 야만적인 시대의 일이다, 그런데 (역시나 상대적으로 말하자면) 지금도 바늘을 찔러 넣는 일이 있는 걸 보니 아직도 야만적인 시대다, 비록 작금의 인간들이 이따금씩은 야만적인 시대의 사람들보다 좀 더 분명히 사물을 보는 법을 배웠다고 하더라도, 이성과 과학

7) 헨리 토머스 버클(Henry Thomas Buckle, 1821~1862) : 19세기 영국의 유명한 역사가.

이 지시해 주는 대로 행동하는 법을 **완전히 익히려면** 아직 요원하다, 라고 말할 것이다. 하지만 그럼에도 불구하고 여러분은 낡은 악습이 사라지고 합리적인 사고와 과학이 인간의 본성을 재교육하여 정상적인 방향으로 이끌어 주면, 인간은 반드시 그걸 완전히 익힐 것이라고 굳세게 믿는다. 그때가 되면 인간은 오류를 범하는 일도 **자발적으로** 멈출 것이고, 자신의 정상적인 이익에 반하여 자신의 의지를 발휘하는 일은 없을 것이고, 그럴 자유조차도 없을 것이라고 확신한다. 어디 그뿐인가. 그때는 과학이 나서서 (내 생각엔 좀 지나친 감이 있지만) 인간에겐 실은 의지도 변덕도 없고, 인간이 이런 걸 가져 본 적은 유사 이래 한 번도 없었으며, 애초에 인간이란 기껏해야 피아노 건반이나 오르간 스톱과 비슷한 뭔가에 불과할 뿐이라고 가르칠 것이다, 라고 여러분은 말한다. 게다가 세상에는 아직 자연의 법칙이 엄연히 존재하고 있기 때문에 인간이 무엇을 하든 그것은 인간의 의지에 의해 행해지는 것이 아니라 자연의 법칙에 따라 저절로 그렇게 되는 것이라고 말한다. 따라서 이 자연법칙이라는 것만 발견되면 인간은 자신의 행동에 책임을 질 필요가 없게 될 것이며, 그러니 인생을 살기도 훨씬 편해질 것이다. 그렇다면 그때는 인간의 모든 행동은 저절로 이 법칙에 따라 로그표처럼 수학적으로 분류되어 10만 8천 종에 이를 것이고 일람표 같은 것에 일일이 기입될 것이다. 아니면 이보다 훨씬 더 훌륭한 방법으로, 지금의 백과사전 같은 좋은 의도의 출판물도 여러 종류 나와서 모든 걸 정확히 계산해 주고 명시해 주면 세상에는 이미 더 이상 행동이라거나, 사건 사고라거나 하는 것들은 일절 자취를 감추게 될 것이다.

그때가 되면—이것 역시 여러분이 하는 얘기지만—수학적으로 정확히 계산된 완벽하게 준비된 새로운 경제적 관계가 나타날 것이고, 본질적으로 모든 문제에 대한 정확한 답이 준비되어 있기 때문에 가능할 법한 모든 질문들이 일시에 사라질 것이다. 그때야말로 수정궁[8]이 건설될 것이다. 그때야말로… 아니, 한마디로 말해서, 카간의 새[9]가 날아들 것이다. 물론 (지금에서야 내가 하는 말이지만) 그때가 되면, 이를테면 끔찍이 무료하지 않으리라는 장담

---

8) 수정궁(Crystal Palace) : 영국의 조각가 J. 팩스턴이 만들어 1851년 영국 무역 박람회에서 선보인 유리 건물로 도스토옙스키는 이에 대한 혐오를 숨기지 않았다. 또 이 모티프는 도스토옙스키와 동시대인인 19세기의 사상가 체르니솁스키가 자신의 장편소설 《무엇을 할 것인가?》에서 사용했는데, 작품 속에서 미래의 이상적 사회를 의미한다.

9) 카간의 새(птица Каган) : 천국의 새. 이상향임을 알리는 새라는 의미로 사용된다.

은 절대 할 수 없지만(왜냐하면 모든 것이 도표에 따라 계산되는데 대체 뭘 하란 말인가?) 대신에 모든 것이 더할 나위 없이 합리적일 것이다. 물론 무료하다 보면 무슨 궁리인들 못하겠는가! 정말이지 황금 바늘로 가슴을 찌른 것도 다 무료함을 달래기 위해서가 아니었던가. 이런 건 어떻든 별로 중요하지 않다. 다만 정말 꺼림칙한 것은 그때는 인간들이 어쩌면 황금 바늘에 찔리는 것을 오히려 기뻐할는지도 모른다는 점이다. 인간이란 원래 어리석은 존재이고, 그들의 어리석음은 타의 추종을 불허할 정도니까 말이다. 아니, 어리석다기보다는 오히려 배은망덕하다고 하는 편이 보다 정확하겠다. 이런 배은망덕함 때문에 인간이란 이미 발견된 것 이외에 항상 다른 것을 찾아 나선다.

(…)

인간이란 언제 어디서나 그가 누구든 간에 예외 없이 자기가 하고 싶은 대로 행동하기를 좋아했지, 결코 이성이나 이익이 명하는 대로 행동하지 않았다. 심지어 때로는 원하는 것이라면 인간은 자기 자신의 이익에 역행하는 일도 할 수 있고, 이따금씩은 **반드시 그래야만** 하는 경우도 있다(하여간 내 생각으로는 그렇다). 자기 자신의 자유분방한 의지, 자신의 심한 변덕, 이따금씩 미쳐 버릴 만큼 짜증스러운 것일지라도 자기 자신의 환상, 이 모든 것이 바로 저 계산에서 누락된 이익, 즉 어떤 분류에도 속하지 않고 전 체계와 전 이론을 끊임없이 파괴하는 이익 중의 이익인 것이다. 대체 무슨 근거로 저 모든 현자들은 인간에게 필요한 것은 오직 정상적이고 선량한 의지라는 결론을 이끌어 낸 것일까? 무슨 근거로 그들은 인간에게는 오로지 합리적으로 따져 유익한 의지만이 필요하다고, 그렇게밖에 상상할 수 없었던 것일까? 인간에게 필요한 것은 오직 하나—**자신의 독자적인 의지**인 것이다. 설사 그 독자성이 아무리 혹독한 대가를 요구하더라도, 그리고 어떤 결과를 초래하더라도 오직 이것만이 필요하다. 참 나, 의지라는 게 정말로 뭔지 대체 누가 알겠는가….

8

(…)

실상 정말로, 언젠가 우리의 모든 의욕이며 변덕스런 기분의 공식이 진짜로 발견된다면, 즉 그것들이 무엇에 의해 좌우되는지, 정확히 어떤 법칙에 의해 발생하는지, 어떻게 확산되어 가는지, 이러저러한 경우에 어느 쪽으로 진전되는지 등등에 대해, 이런 모든 것을 예측하고 계산할 수 있는 진짜 수학적인 공식이 발견된다면, 인간은 아마 그 즉시로 모든 욕구를 중단해 버리고 말 것이다. 아마 어느 정도가 아니라 백 퍼센트 확실히 그렇게 될 것이다. 아니, 세상 어떤 사람이 일람표에 따라 욕구를 갖고 싶어 하겠는가? 그뿐이 아니다. 그렇게 되면 인간은 즉시 인간이길 그만두고 오르간의 스톱 같은 존재가 되어 버릴 것이다. 소망도, 의욕도, 의지도 없는 인간이란 그게 오르간의 회전 굴대에 붙은 핀과 다를 게 뭐가 있겠는가? 이 점에 대해 여러분은 어떻게 생각하는가?

(…)

그러면 여러분은 이런 결론을 내리려 한다.

정말로 언젠가 의지와 이성이 완전히 일치하게 된다면, 그때 우리는 무언가를 욕망하는 대신 이성적으로 판단하게 될 것인데, 왜냐하면 이성을 간직한 채로 얼토당토않은 것을 **욕망**하고, 그런 식으로 뻔히 다 알면서 이성에 역행하여 자기에게 해가 되는 일을 바란다는 것은 도대체 있을 수 없는 일이니까…. 언젠가는 이른바 우리의 자유의지의 법칙도 발견될 것이기 때문에, 모든 의지와 판단 같은 것들이 하나도 남김없이 실제로 계산될 것이고, 그렇게 되면 농담이 아니라 진짜로 도표 같은 것이 작성되어서, 우리는 정말로 이 도표에 따라 욕망하게 될 것이다. 예를 들어 내가 엄지손가락을 검지와 중지 사이에 밀어 넣고 엿 먹으라는 시늉을 하며 누군가를 모욕했다손 치더라도, 그것은 이러저러한 이유로 그렇게 하지 않을 수 없었고, 또 이러저러한 이유로 반드시 그 손가락을 쓰지 않으면 안 되었다는 것을 계산하고 증명해 준다면, 그때는 나의 내부에 어떤 **자유로운 것**도 남아 있지 않을 것이다. 특히나 내가 대학 같은 걸 졸업한 학자라도 된다면? 그러면 나는 앞으로 30년 동안의 나의 전 인생도 계산해 낼 수 있게 된다. 이렇게 된다면 한마디로 실상 우리로선 아무것도 할 필요가 없어지고, 뭐든지 그냥 받아들이기만 하면 되는 것이다, 라고.

(…)

내가 반론한다.

여러분, 이성이란 분명 좋은 것이고, 이에 대해서는 논쟁의 여지가 없지만, 이성은 어디까지나 이성일 뿐이어서 오직 인간의 이성적 판단력을 만족할 수 있을 뿐이다. 그런데 의지란 삶 전체, 즉 위로는 이성으로부터 아래로는 가려운 데를 긁는 행위에 이르기까지 인간 삶 전체의 발현이다. 과연 이렇게 발현되는 우리의 삶은 허접스러운 것이 되기 십상이지만 그럼에도 그것은 삶이지 평방근을 구하는 것과는 질적으로 다르다. 그러니 지극히 당연한 일이지만 나 역시 자신의 삶의 모든 능력을 만족하면서 살고 싶지, 결코 이성적 판단 능력 하나만, 즉 내 삶의 전체 능력의 20분의 1 정도만을 만족하기 위해 살아가고픈 생각은 없다. 이성이 알긴 뭘 알겠나? 이성이 알고 있는 것은 다만 지식으로 안 것뿐이다(다른 것은 아마도 절대로 알아 내지 못할 것이다. 비록 이게 위안은 안 될지라도 이런 말을 입 밖에 내지 못할 이유는 없지 않은가?). 하지만 인간의 본성이란 전일적으로, 즉 인간 속에 의식적, 무의식적으로 존재하는 모든 것으로서 행동하고, 때론 거짓말도 하겠지만 어쨌든 살아 있는 것이다. 여러분, 아마도 지금 여러분은 나를 참 딱한 사람이라고 여길지도 모르겠다. 그러면서 여러분은 "계몽되고 지적으로 발달한 미래의 인간은 자기에게 이익이 되지 않을 걸 뻔히 알면서도 그걸 욕망할 리가 없다. 그것은 명백한 수학 공식과 다름없다"라고 나를 향해 되풀이해 말할 것이다. 그래, 그게 수학 공식과 다름없다는 데는 나도 백 퍼센트 동감한다. 하지만, 내 이미 여러분에게 백 번도 넘게 얘기해서 귀가 따갑겠지만, 한 번 더 반복하는 바, 인간은 자기에게 해롭고 바보 같은 일, 그것도 그냥 바보 같은 게 아니라 진짜 말할 수 없을 정도로 바보 같은 짓을 의식적으로 일부러 하는 경우가 있다. 그것도 다른 이유에서가 아니라 바보 같은 짓을 욕망할 **권리를 갖기 위해**, 즉 오로지 현명한 일만을 욕망해야 하는 의무에 얽매이지 않아도 되는 권리를 갖기 위해서다. 이것은 진짜 바보스럽기 짝이 없는 일이고, 변덕에 지나지 않는 것이지만, 이것이야말로 여러분, 우리 같은 인간에겐 지상에 존재하는 모든 것을 통틀어 더 큰 이익이 되는 것일 수 있으며, 어떤 경우에는 특히나 더 그렇다. 그중에서도 특히 그것이 확실히 우리에게 해롭고 이익에 관한 우리 이성의 건전한 결론에 상치되는데도, 다른 어떤 이익보다도 더욱더 큰 이익이 될 수 있는데, 이는 그것이 우리 인간에게 가장 중요하고 가장 소중한 것, 즉 우리의 인격과 개성을 보존해 주기 때문이다.

(…)

인간은 정말이지 배은망덕한 존재다. 내 생각에, 인간에 대한 가장 훌륭한 정의는—두 발로 걷는 배은망덕한 존재다. 하지만 이게 다가 아니다. 이것도 아직은 인간의 가장 큰 결함은 아니라는 얘기다. 인간의 가장 큰 결함은 끊임없이 지속되어 온 부도덕이다. 부도덕은 인류사의 대홍수 시대부터 시작하여 슐레스비히-홀슈타인 시기[10]에 이

10) 슐레스비히-홀슈타인(Schleswig-Holstein)은 독일 북부에 있는 주의 이름으로, 중세부터 슐레스비히와 홀슈타인 두 공국을 둘러싼 정치 항쟁이 이어졌다. 여기서는 중세 시대, 즉 아주 오래된 시대를 나타

르기까지 인간의 운명에 지속적으로 나타나 왔다. 부도덕은 곧 무분별이기도 하다. 예로부터 주지의 사실이듯, 무분별은 다름 아닌 부도덕에서 생겨난다.

(…)

자, 인간에게 지상의 모든 행복을 퍼부어, 머리꼭대기까지 행복 속에 푹 잠기도록 해 봐라. 그래서 마치 수면 위에 물거품이 떠 있는 것처럼 표면 위로 행복의 거품만이 떠오르도록 해 봐라. 그러니까 그에게 경제적으로 엄청난 부를 주고, 잠자는 것과 박하 맛 나는 당밀 과자를 먹는 것과, 세계사가 단절되지 않도록 신경 쓰는 것 말고는 아무것도 할 일이 없도록 해 보라. 그래도 역시 인간이라는 것은 오로지 배은망덕하기 때문에, 또 오직 비꼬지 않으면 안 되는 근성 때문에 추잡한 짓을 저지를 것이다. 심지어 이 맛있는 당밀 과자마저 희생할 각오로 일부러 가장 유해한 바보 같은 짓을, 또 가장 비경제적인 터무니없는 짓을 하고자 욕망하는데, 그 이유인즉 이 모든 긍정적인 상식에 자신의 파멸적이고 환상적인 요소를 뒤섞어 놓고 싶어서다. 인간이 이런 환상적인 몽상들, 속물적인 바보짓을 꼭 부여잡고 싶어 하는 것도, 오로지 인간은 어디까지나 인간

낸다.

이지 피아노의 건반이 아니라는 것을 자기 스스로에게 납득시키고자 하는(그것이 마치 절대 불가결의 일이기나 한 것처럼) 이유에서다. 건반을 두드리는 것은 자연의 법칙이 틀림없지만, 섣불리 너무 지나치게 두드리다 보면, 결국 일람표 없이는 무엇 하나 욕망할 수조차 없는 지경에 이를 위험이 있다는 사실을 자신에게 납득시키고자, 인간은 스스로 바보 같은 짓을 저지르고 싶어 한다. 아니, 이게 다가 아니다. 인간이 정말로 피아노의 건반이라고 판명된다 하더라도, 또 그것이 자연과학에 의해 수학적으로 증명된다 하더라도, 여전히 인간은 정신을 못 차리고 오히려 일부러, 오로지 저 배은망덕한 습성 하나 때문에, 또 오로지 자기 고집을 꺾기 싫다는 그것 하나 때문에 일부러라도 삐딱한 짓을 할 것이다. 만약 그에게 마땅한 수단이 없다면 파괴나 혼돈을 궁리해 내거나, 여러 다양한 고통을 생각해 내서라도 여전히 자기 고집을 내세울 것이다! 그는 온 세상을 저주하는 일조차 서슴지 않을 것이다. 왜냐하면 저주를 할 수 있는 것은 오직 인간뿐이니까(이것이야말로 인간을 다른 동물과 근본적으로 구별 짓는 인간만의 특권이니까) 인간은 이 저주 하나만으로도 이미 자신의 목적을 달성한 셈이다. 즉, 자기는 인간이지 피아노의 건반이 아니라는 확신에 도달할 것이다! 만약 여러분이 혼돈, 암흑, 저주, 이런 모든 것을 도표에 따라 계산할 수 있고 따라서 미리 계산할 수 있는 가능성 하나만으로도 모든 것을 미연에 방지하고 이성의 승리를 가져올 수 있다고 말한다면, 이런 경우 인간은 이성을 갖지 않고, 자기 고집을 꺾지 않기 위해서라도 일부러 미치광이가 될 것이다. 나는 그렇게 믿는다. 이 점은 내가 책임지고 보증하겠다. 왜냐하면 전 인간사를 더듬어 보면 그것은 오직 하나, 즉 나는 인간이지 오르간 스톱이 아니라고 끊임없이 자신에게 증명하는 것으로 점철되어 있다! 배를 곯고 있을 때도 그러했고, 동굴 생활을 하고 있을 때도 그러했다. 그러고 보면 그때는 표 같은 것은 아직 있지도 않고, 의지가 무엇에 좌우되는지도 누구도 몰랐을 테니, 잘못을 야단칠 수도 없고 칭찬을 할 수도 없는 것 아니겠는가….

그러면 여러분은 나를 향해 이렇게 외칠 것이다(단지 나를 외칠 만한 가치가 있는 상대라고 여긴다면 말이다). 아무도 너에게서 의지를 뺏으려는 사람은 없다. 단지 어떻게든 너의 의지가 자기 스스로, 즉 자발적인 의지로 너의 정상적인 이익이나, 자연의 법칙이나, 수학과 일치하도록 어떻게든 도와주려는 것뿐이다, 라고.

"에잇, 하지만 여러분, 문제가 도표니 수학이니 하는 데까지 이르러, 2×2=4만이 통용되게 된다면, 그 상황에서 무슨 놈의 자기 의지가 있을 수 있겠소? 2×2는 나의 의지가 있든 없든 4가 될 텐데요. 이런 게 어떻게 자기 의지란 말이오!"

9

(…)

여러분, 여러 가지 의문들이 나를 괴롭히고 있다. 그러니 여러분이 나를 위해 좀 해결해 주었으면 한다. 예를 들어 여러분은 인간을 낡은 습관에서 해방해, 인간의 의지를 과학과 상식의 요구에 맞춰 두드려 고치려 하고 있다. 하지만 어떻게 여러분은 인간을 그처럼 개조할 수 있을 뿐만 아니라 개조할 **필요가 있다**고 확신하는가? 무슨 근거로 인간의 의지를 반드시 그렇게 **두드려 고쳐야만 한다고** 하는 결론을 내리는가? 한마디로 말해 그처럼 두드려 고치는 것이 인간에게 이익을 가져오리라는 것을 대체 어떻게 아는가? 말이 나온 김에 죄다 말하자면, 이성의 추론과 수학에 의해 보장된 참되고 정상적인 이익에 역행하지 않는 것이 정말로 늘 인간에게 이익이 되고 전 인류를 위한 법칙이라는 것을 어떻게 그렇게 **굳세게** 확신하는가? 실상 이것은 아직 한낱 여러분의 가정에 불과하다. 설사 이것이 논리의 법칙이라 할지라도, 아마도 인류의 법칙은 절대로 아닐 것이다.

(…)

인간이 창조를 사랑하고 길을 개척하기를 좋아하는 존재라는 것에는 이론의 여지가 없다. 하지만 그렇다면 어째서 파괴와 혼돈 역시 똑같이 그렇게 미치도록 사랑하는 것일까? 바로 이 질문에 여러분이 대답해 주길 바란다! 그러나 이 점에 관해서라면 나 자신도 따로 두어 마디 해 두고 싶다. 인간이 파괴와 혼돈을 그토록 사랑하는 것은(때로는 그가 이런 것들을 엄청나게 사랑한다는 것에는 이론의 여지가 없다. 그것은 정말이다) 혹시 목적을 달성하고, 건물을 완성하는 것을 그 자신이 본능적으로 두려워하기 때문은 아닐까? 여러분이 알 리가 없겠지만, 그가 건물을 사랑하는 것은 오직 먼발치에서 보았을 때뿐이고, 가까이 다가가면 전혀 그렇지 않을지도 모른다. 또 어쩌면 그는 건물을 짓는 과정만 사랑할 뿐, 그 안에서 살고 싶은 마음은 없기 때문에 나중에는 그걸 개미나 양, 뭐 기타 등등의 그런 'aux animaux domestiques[11]'에게 쓰라고 주어 버

11) 가축들.

릴지도 모른다. 그런데 이 개미란 녀석은 취향이 전혀 다르다. 그들에게는 이것과 비슷한 종류이긴 하지만 영원히 파괴되지 않는 놀랄 만한 건물이 하나 있다. 그것은 바로 개미집이다.

이 존경할 만한 개미들은 개미집에서부터 시작해서 필경 개미집으로 끝날 텐데, 이는 꾸준함과 유효성을 자랑하는 그들에게 크나큰 영예를 가져다준다. 하지만 인간은 워낙에 경박하고 볼썽사나운 존재여서 마치 장기를 두는 사람처럼, 목적 자체가 아니라 오직 목적을 달성하기 위한 과정 하나만을 사랑하는지도 모른다. 그리고 누가 알겠느냐마는(아무도 장담할 순 없다) 어쩌면 인류가 이 지상에서 지향하는 모든 목적도 실은 목적 달성을 위한 끊임없는 과정, 다시 말해 삶 자체에 있는 것이지, 어차피 2×2=4가 될 수밖에 없는 목적 자체, 즉 공식에 있는 것이 아닐지도 모른다. 2×2=4라는 것은 이미 삶이 아니라, 여러분, 그것은 죽음의 시작이다. 적어도 인간은 항상 왠지는 모르지만 2×2=4를 두려워해 왔고, 나도 지금은 그것이 두렵다. 실로 인간은 2×2=4를 발견하기 위해 대양을 건너기도 하고 삶을 희생하기도 하지만, 정말로 그것을 찾아내는 것, 발견해 내는 것은 어쩐지 두려워한다. 일단 그걸 발견하게 되면, 이미 그땐 아무것도 찾을 거리가 없다는 것을 직감하기 때문이다. 일꾼들 같으면 일을 마친 뒤 적어도 돈을 받아서 술집에라도 가고, 그 다음엔 경찰서에 떨어지는 신세가 되고, 뭐 이런 식으로 일주일 치 일거리가 나온다. 하지만 인간은 어디로 갈 것인가? 적어도 그러한 목적이 달성될 때마다 인간은 어쩐지 엄청 찜찜해한다. 인간은 목적 달성을 바라고 있으면서도 완전히 달성해 버리는 것은 썩 내키지 않는다는 말인데, 이건 정말이지 우스꽝스럽기 짝이 없는 일이다. 한마디로 말해 인간은 희극적으로 생겨 먹었기 때문에 이 모든 것에는 익살이 내포되어 있다. 하지만 어쨌거나 2×2=4라는 놈은 참을 수가 없는 존재다. 내 생각에 2×2=4는 정말이지 파렴치한 놈이다. 2×2=4라는 놈은 아주 뻐기는 듯이 양손을 허리에 떡 얹고 여러분을 바라보며, 그렇게 여러분의 앞길을 떡 가로막고 서서 침을 퉤퉤 뱉고 있다. 2×2=4라는 놈이 꽤나 괜찮은 녀석이라는 데는 나도 동의하지만, 뭐, 이렇게 된 바에야 이것저것 아무거나 칭찬을 못할 게 없으니 2×2=5도 때로는 꽤나 사랑스런 녀석이 아닐까 싶다.

그러면 여러분은 왜 그렇게 확고하게, 또 그처럼 자랑스럽게 오로지 정상적이고 긍정적인 것, 다시 말해 평안함 하나만이 인간에게 이익이 된다고 확신하는가? 무엇이 진정한 이익인지를 놓고 이성이 오류를 범하고 있는 건 아닐까? 실상 인간이 평안함만을 사랑하는 게 아닐 수도 있지 않을까? 혹시 그는 고통도 그만큼이나 사랑하는 건 아닐까? 어쩌면 고통도 평안함만큼이나 인간에게 이익이 되는 건 아닐까? 때로 인간은 고통을 죽을 만큼 끔찍이도 사랑한다. 이건 틀림없는 사실이다.

(…)

그렇다고 내가 여기서 고통을 옹호하는 것은 아니고, 안락을 옹호하는 것은 더더욱 아니다. 내가 옹호하는 것은… 나 자신의 변덕이요, 또 내가 변덕을 부리고 싶을 때마다 마음껏 변덕을 부리는 것이 보장되었으면 하는 것이다. 고통이란 예를 들어 보드빌[12]에는 허용되지 않는다. 나는 이 점을 잘 알고 있다. 수정궁에서라면 고통이란 것은 상상조차 할 수 없는 일이다. 무릇 고통이란 의심이요 부정인데, 그 속에 살면서 여전히 의심할 수 있다면 그게 무슨 수정궁이란 말인가? 그래도 나는 인간이 이따금씩은 진정한 고통, 즉 파괴나 혼돈을 절대로 거부하지 않으리라고 확신한다. 고통이야말로 정말로 자의식의 유일한 원천이다. 나는 처음에 자의식은 인간에게 있어 크나큰 불행

12) 보드빌(vaudeville) : 춤과 노래를 곁들인 가볍고 풍자적인 통속 희극.

이라고 역설했지만, 그러나 인간이 그것을 사랑하여 어떤 만족과도 바꾸지 않으리라는 것도 잘 알고 있다. 자의식이란 예를 들어, 2×2=4와는 차원이 다른 무한히 더 높은 존재인 것이다.

(…)

10

여러분은 영원토록 무너지지 않는 수정궁을 믿고 있다. 그 안에서는 몰래 혀를 내밀 수도 없고, 호주머니 속에서 엄지를 검지와 중지 사이에다 밀어 넣고 엿 먹으라는 시늉을 할 수도 없는 그런 건물의 존재를 믿고 있다. 글쎄, 그런데 나는 어쩌면 이 건물이 수정으로 되어 있고, 영원토록 무너지지 않을 것이고, 또 몰래 혀를 내밀 수조차 없다는 바로 그 이유 때문에 이 건물이 무서운 건지도 모르겠다.

그런데 말이다, 만약 궁전 대신에 닭장이 있는데, 그때 마침 비라도 내린다면 비를 피하기 위해 아마도 그 닭장 속으로 기어 들어갈지도 모른다. 하지만 비를 피하게 해 주었다고 너무도 고마운 마음에 닭장을 궁전과 혼동하지는 않을 것이다. 여러분은 비웃으며, 그런 경우엔 닭장이나 궁전이나 매한가지 아니냐고 말한다. 하긴 그렇지, 라고 나는 대답한다. 만약 인간이 오로지 비에 젖지 않기 위해서, 오로지 그 목적 하나만을 위해서 산다면 말이다.

(…)

어쨌거나 나는 그것이 자연의 법칙에 따라서 존재하고, **실제로** 존재한다는 이유 하나 때문에 쉽사리 타협하거나, 무한히 순환하는 제로 상태에 안주하지 않을 것임을 잘 알고 있다. 앞으로 천 년 동안 가난한 사람들에게 빌려줄 셋방이 잔뜩 딸려 있고, 만일의 경우를 위해 치과 의사 바겐하임의 이름이 쓰인 간판까지 붙은 어마어마한 대저택이 내 손에 떨어진다 하더라도 나는 그것을 내 욕망의 월계관이라고 보지는 않을 것이다. 내 욕망들을 없애고 내 이상들을 말살하려면 그보다는 훨씬 나은 것을 보여 주어야 할 것이다. 그리면 그때는 여러분의 말에 따르겠다. 여러분은 아마 이런 말들은 상대할 가치도 없다고 얘기할지도 모른다. 하지만 그런 경우엔 나도 똑같은 말로 여러분에게 대꾸할 수 있다. 우리는 지금 아주 심각한 토론을 하고 있는데, 여러분은 내 말에 조금도 주의를 기울이려 하지 않으니까, 뭐, 나도 구태여 여러분에게 애걸복걸하지는 않겠다. 내게는 지하실이 있으니까 말이다.

(…)

하긴 여러분이 알지는 모르겠지만, 나는 우리 같은 지하 인간에겐 재갈을 물려 둘 필요가 있다고 확신한다. 그들은 40년 동안이나 찍소리 없이 지하실에 처박혀 있을 수 있지만, 일단 세상으로 뛰쳐나와, 봇물 터지듯 터져 버리는 날엔, 말하고, 또 말하고, 아주 끊임없이 계속해서 말할 테니까….

11

결국, 여러분, 차라리 아무것도 하지 않는 편이 훨씬 낫다! 의식적인 타성이 차라리 낫다! 아, 그러니까 지하실 만세! 나는 일전에 정상적인 인간이 부러워 죽을 지경이라고 말했지만, 지금 내 눈에 보이는 상태에 있는 한 그런 인간이 되고 싶은 마음은 손톱만큼도 없다. (그렇다고 내가 이제는 그들을 부러워하지 않는다는 얘기는 아니다. 아니, 아니다, 어쨌거나 지하실 쪽이 좀 더 이롭다!) 거기서라면 적어도… 에잇! 여기까지 와서 또 거짓말을 늘어놓고 있잖은가! 내가 이렇게 거짓말을 하는 이유는 지하실이 결코 더 나아서도 아니고 뭔가 다른 것, 완전히 다른 것이 있으며, 그것은 내가 아무리 갈망해도 절대로 발견하지도 손에 넣지도 못할 것이라는 점을 나 자신 2×2처럼 잘 알고 있기 때문이다! 지하실 같은 건, 엿이나 먹어라!

이럴 바엔 차라리, 지금까지 내가 쓴 것 중에서 뭐 하나라도 나 스스로 믿을 수 있었으면 좋겠다는 바람이다. 여러분, 내 여러분에게 맹세컨대, 나는 지금 내가 휘갈겨 쓴 것 중에 한마디, 단 한마디도 믿지 않는다! 어쩜 믿고 있을지도 모르겠지만, 왠지 모르게 이와 동시에 내가 어설픈 거짓말을 늘어놓고 있다는 생각과 의심이 든다.

"그럼 대체 뭐 때문에 이 모든 걸 쓴 거요?"라고 여러분이 내게 묻는다.

(…)

어떤 사람이든 추억 속에, 진짜 아주 친한 친구 이외에는 아무에게도 털어놓을 수 없는 그런 얘기가 있는 법이다. 또 아주 친한 친구한테도 털어놓을 수 없고, 자기 자신에게만, 그것도 아주 은밀히 열어 보일 수밖에 없는 그런 추억도 있다. 하지만, 끝으로 심지어 자기 자신에게조차 털어놓기 무서운 일들도 있는데, 제법 훌륭한 사람들의 추억 속에도 이런 것들이 상당히 많이 쌓여 있다. 아니, 오히려 훌륭한 사람일수록 이런 추억이 더욱더 많을 것이다. 적어도 나 자신만 놓고 보더라도, 예전에 있었던 몇몇 사건들을 회상해 보려고 얼마 전에 결심했지만, 지금까지 이상한 불안감마저 느껴 가며 피해 오기만 했다. 하지만 단순히 머릿속에서 옛일을 회상하는 정도가 아니라, 글로써 기록하겠다는 결심까지 한 마당에 꼭 시험해 보고 싶은 것이 있다. 나 자신에 대해 완전히 벌거숭이가 될 수 있는지, 모든 진실을 두려움 없이 마주 대할 수 있는지 하는 것이다. 말이 나온 김에 얘기하자면, 독일의 유명한 시인 하이네는 애당초 믿을 만한 자서전이란 거의 있을 수 없다, 왜냐하면 인간은 누구나 자신에 대해 거짓말을 하기 마련이기 때문이라고 주장했다. 그의 견해에 따르면 예를 들어, 루소[13]는 자신의 고백록에서 처음부터 끝까지 자기 중상을 하고 있는데, 심지어 허영심에 사로잡힌 나머지 있지도 않은 일을 지어내서까지 자신을 비방하고 있다는 것이다. 나는 이 점에 있어 하이네에 전적으로 동감한다. 때로는 오로지 허영심 하나 때문에 자기가 하지도 않은 온갖 죄를 자기에게 뒤집어씌워 중상을 퍼붓는 경우도 있다는 것을 나는 아주 잘 알고 있으며, 심지어 이것이 어떤 종류의 허영심인지도 아주 잘 간파하고 있다. 하지만 하이네는 대

13) 장 자크 루소(Jean-Jacques Rousseau, 1712~1778) : 18세기 프랑스의 사상가로 자연인과 성선설을 옹호했다.

중 앞에서 고백한 사람을 두고 한 말이었다. 그런데 나는 오직 나 하나만을 위해 이 수기를 쓰고 있고, 내가 독자를 상대로 얘기하는 것처럼 쓰는 것도 그저 단순한 형식에 불과할 뿐이며, 그편이 내가 글을 쓰기에 훨씬 수월하기 때문이다. 이 경우엔 형식, 하나의 텅 빈 형식만 있을 뿐, 내게 독자 같은 건 결코 없을 것이다. 이 점은 앞서도 이미 밝혀 두었다.

(…)

그러나 또 이런 문제도 있다. 나는 대체 무엇 때문에, 무엇을 위해 글로 쓰고 싶어 하는 걸까? 만일 대중을 위한 게 아니라면 머릿속에서 생각만 하면 되지 일부러 종이에 옮겨 쓸 것까지는 없지 않은가?

그래, 그렇긴 하다. 하지만 종이에 쓰면 어딘가 좀 더 장중해지는 맛이 있다. 이렇게 하면 설득력도 강해지고 자기에 대해서도 훨씬 더 비판적이 되고, 나름의 스타일도 살아날 것이다. 그뿐만이 아니다. 실제로 수기를 써 나가면서 정말로 마음도 더 가벼워질 것이다. 예를 들어 오늘 같은 날, 어느 먼 옛날의 추억 하나가 내 마음을 무겁게 짓누르고 있다. 그것은 며칠 전 내 머리 속에 또렷하게 떠올라, 그날부터 내내 마치 지긋지긋한 음악의 멜로디처럼 나에게 찰싹 달라붙어 떨어져 나가려 하지 않는다. 이런 추억이 나에게는 수백 개는 족히 있지만, 때때로 그중의 하나가 불쑥 튀어나와서 내 마음을 무겁게 짓누른다. 이렇게 그것들을 글로 써 버리고 나면 마음을 무겁게 짓누르는 그 추억에서 해방될 것 같은 왠지 그런 느낌이 든다. 그런지 아닌지 한번쯤 시험을 해 보는 것도 뭐 그리 나쁘진 않겠지?

끝으로, 나는 무지무지 무료하다. 나란 인간은 대체 아무것도 하는 일이 없다. 그런데 뭔가를 쓴다는 것은, 그건 정말로 그럴싸한 일인 것이다. 일을 하다 보면 사람은 선량하고 정직해진다고들 한다. 자, 그렇다면 이건 적어도 내가 선량하고 정직해질 수 있는 좋은 기회인 셈이다.

지금 밖에는 눈이 내리고 있는데, 축축하고, 누리끼리하고, 지저분한 진눈깨비다. 어제도, 또 요 며칠 전에도 이런 눈이 내렸다. 아마도 이 진눈깨비가 계기가 되어 떨쳐 버리려야 떨쳐 버릴 수 없는 그 추억이 떠오른 것 같다. 그렇다면 이것을 진눈깨비에 관한 이야기 정도로 해 두자.

2부
진눈깨비에 관해

방종의 어둠 속을 헤매던
네 타락한 영혼을
나는 불타는 신념의 언어로 끌어냈지.
그때 너는 깊은 고뇌에 사로잡혀
너를 휘감고 있던 죄악들에
두 손을 부르쥐며 저주를 퍼부었지.
건망증이 심한 양심을
온갖 추억으로 나무라며
나를 만나기 전의 일들을
너는 내게 전부 얘기해 주었지.
그리고 끝내 두 손으로 얼굴을 감싸고,
수치와 공포에 휩싸여
눈물을 쏟아 내었지.
분노하며, 전율하며…
기타 등등…[14)]

—N. A. 네크라소프의 시에서

14) "기타 등등…"은 네크라소프가 아닌 수기 저자의 말이다. 시의 가장 절정을 이루는 부분에서 "기타 등등…"으로 갑작스레 시를 끝맺음으로써 네크라소프의 시에 등장하는 화자의 인류애적인 감동이 너무나 진부하고 상투적인 수사학에 지나지 않음을 비판적으로 조소한다.

1

그 무렵 나는 겨우 스물네 살이었다. 나의 삶은 그때도 이미 음울하고 무질서하고 은둔형 외톨이라고 불러도 좋을 만큼 사람들과의 교제도 없이 고독했다. 나는 그 누구와도 사귀지 않고, 심지어 이야기하는 것조차 될 수 있는 대로 피하며, 점점 더 나만의 구석으로 숨어들었다. 근무처에서도 누구의 얼굴도 쳐다보지 않으려 노력했다. 또 나는 동료들이 나를 괴짜 취급을 할 뿐만 아니라—또 하나 늘 느끼고 있던 일이지만—노골적인 혐오의 눈으로 보고 있다는 것을 분명히 느끼고 있었다. 한편으론 내 머릿속에 이런 생각이 들곤 했다. 어째서 나 말고 다른 사람들에게는 남들이 자기를 혐오의 눈으로 보고 있을지도 모른다는 생각이 들지 않는 걸까?

(…)

예를 들어, 나는 자신의 얼굴을 증오했고 그것이 추악하다고 여겼을 뿐만 아니라 거기에 뭔가 비열한 표정이 깃들어 있지나 않을까 하는 의혹을 품었기 때문에, 출근을 할 때마다 사람들이 내가 비열한 놈이 아닐까 하는 의혹을 품지 않도록 하기 위해 가능한 한 의연한 자세를 취하고, 얼굴에는 기품 있는 표정을 취하려고 늘 고통스러울 정도로 애를 썼다. '얼굴이 좀 못생기면 어때? 대신에 기품 있고 표정이 풍부하고, 그리고 무엇보다 **굉장히** 이지적인 얼굴이면 되지'라고 나는 생각했다. 하지만 나는 이 모든 멋진 것들을 내 얼굴로는 절대로 표현할 수 없음을 비참할 정도로 잘 알고 있었다. 무엇보다 더 끔찍한 것은 내 눈엔 내 얼굴이 상당히 멍청해 보인다는 점이다. 조금이라도 이지적으로 보였다면 나는 찍소리도 하지 않았을 것이다. 내 얼굴이 엄청나게 이지적으로 보인다는 말만 해 준다면, 설사 내 표정이 비열하다고 해도 기꺼이 받아들였을 것이다.

(…)

우리 시대의 지적으로 성숙한 인간이 응당 그렇듯, 나도 병적일 정도로 지능이 발달해 있다. 그런데 놈들은 마치 한 무리의 숫양들처럼 이놈이나 저놈이나 다 비슷비슷하고, 죄다 바보 멍청이다. 어쩌면 근무처 전체에서 나 혼자만이 내가 겁쟁이고 노예라고 시종일관 생각하고 있었는지도 모르겠다. 바로 그 때문에 나는 내가 지적으로 한껏 발달해 있다고 여겼다. 하지만 그냥 그렇게 여겼던 것뿐만이 아니라 실제로 사실이 그렇기도 했다. 나는 겁쟁이이자 노예다. 이건 일말의 주저함도 없이 하는 말이다. 우리 시대의 훌륭한 인간은 누구나 겁쟁이이자 노예이며,

이는 마땅히 그래야만 하는 것이다. 이것이야말로 바로 지극히 정상적인 상태니까 말이다. 이것은 내가 깊이 확신하는 바다. 그는 그렇게 만들어졌고, 그렇게 되도록 생겨 먹었다. 이것은 비단 현재만, 또 무슨 우연한 사정이 겹쳐 그렇게 된 것이 아니라, 일반적으로 어느 시대에나 훌륭한 인간은 누구나 겁쟁이요 노예여야만 했다. 이것이야말로 지상에 존재하는 모든 훌륭한 인간들에게 적용되는 자연법칙이다. 만약 그들 중 누가 무언가로 용맹을 뽐낼 일이 생길지라도, 그걸로 기뻐하거나 감격하거나 하게 하지는 말라. 어쨌거나 다른 일을 당하게 되면 꽁무니를 뺄 테니까. 꽁무니를 빼는 것, 이것이야말로 유일하고 영원한 출구다. 용기를 뽐내는 것은 고작해야 당나귀나 그 족속뿐으로, 실상 그것도 전에 말한 그 벽까지의 얘기다. 이런 당나귀 같은 인간들에겐 주의를 기울일 가치도 없다. 왜냐하면 그들은 진짜로 아무런 의미가 없는 족속이기 때문이다.

그 당시 나를 괴롭힌 정황이 하나 더 있다. 그것은 다름 아니라 누구 하나 나와 닮은 사람이 없고, 또 나 자신도 아무와도 닮지 않았다는 사실이다. '나는 혼자인데, 저들은 **모두 한패다**'라고 생각했고, 그 생각 속으로 점점 더 빠져들었다.

이것 하나만 보더라도 그때 나는 아직도 완전히 애송이였다는 소리다.

때로는 정반대되는 일도 있었다. 정말이지 이따금씩은 직장에 가는 것이 견딜 수 없을 만큼 싫어서, 거의 다 죽어 가는 병자처럼 되어 퇴근하는 일도 허다했다. 그러다가도 갑자기 밑도 끝도 없이 회의주의와 무관심의 주기(나는 매사에 주기를 탔다)가 도래하면, 스스로 자신의 편협함과 까다로움을 비웃고, 자신의 **낭만주의**를 힐책한다. 남들과는 말도 섞기 싫다고 생각하다가도, 갑자기 그들과 얘기를 나누는 정도가 아니라 완전히 친구처럼 어울리고 싶다는 생각마저 한다. 모든 까다로움이 무슨 계기에서인지 갑자기, 그것도 일시에 흔적도 없이 사라져 버리는 것이다. 누가 알겠냐마는, 어쩌면 이런 까다로움은 본래 내 안에 있었던 것이 아니라, 책에서 빌려 온 가짜의 것이 아닐까 한다. 나는 지금까지도 이 문제를 해결하지 못했다.

(…)

우리 러시아 낭만주의자들의 특성은 현실과 동떨어져 저 구름 위를 걷는 유럽식 낭만주의자와는 완전히 정면으로 대립되는 것으로서, 유럽식 잣대에는 뭐 하나 들어맞는 게 없다(이렇게 "낭만주의자"라는 단어를 쓰는 것을 양해해 주기 바란다. 이것은 정말로 예스럽고 기품 있고 훌륭하고, 또 누구에게나 익숙한 단어인데 말이다). 우리네 낭만주의자의 특성이란 모든 것을 이해하는 것, **모든 것을 보는 것, 그것도 종종 우리나라의 가장 현실적인 두뇌의 소유자들이 보는 것과는 비교도 안 될 만큼 명석하게 보는 것**이다. 또 그 누구와도, 그 무엇과도 타협하지 않으면서도 그와 동시에 그 어떤 것도 꺼리지 않고, 모든 것을 양보하고, 모두에게 공손하게 대하고 유용하고 실제적인 목적을(예를 들어, 관사나 연금, 훈장 같은 것 등) 항상 염두에 두고, 심지어 모든 열광과 서정시집의 행간에서도 그 목적을 발견하며, 또 그와 동시에 "아름답고 숭고한 것"을 무덤에 들어가는 그날까지 자기 자신 속에 온전히 간직하여, 끝내 예컨대 예의 그 "아름답고 숭고한 것"을 위해서라도 자기 자신을 무슨 보석처럼 몹시 소중히 간직하는 것에 우리네 낭만주의자들의 특성이 있는 것이다. 우리네 낭만주의자들은 아주 수완이 뛰어난 사람이고, 온갖 사기꾼 중에서도 일급 사기꾼들인데, 이 점에 관한 한… 내 체험으로 여러분께 확언할 수 있다.

(…)

그렇다. 가장 악명 높은 비열한(卑劣漢)이 영혼은 완전히, 심지어 숭고할 만큼 순결하고, 그러면서도 동시에 계속해서 비열한으로 남을 수 있는 것은 오직 우리 러시아

에만 있는 현상이다.

(…)

집에 있을 때 나는 주로 책을 읽었다. 나의 내부에서 끊임없이 들끓고 있는 모든 것을 외부의 감각으로 억누르기 위해서였다. 그런데 외적인 감각 중 그나마 내게 가능했던 것은 독서 하나뿐이었다. 독서는 물론 많은 도움이 되었다. 책을 읽으며 흥분에 들뜨기도 하고, 즐거워하기도 하고, 괴로워하기도 했으니 말이다. 하지만 때론 아주 끔찍할 정도로 무료했다. 어쨌건 몸을 좀 움직여 보고 싶어 견딜 수가 없을 때면, 나는 갑자기 어두운 지하의 추악한 방탕, 아니 방탕 나부랭이에 빠져들었다. 내 안에 있는 욕정은 내가 늘 병적으로 초조한 상태에 놓여 있었던 탓에 한층 민감했고 한층 뜨거웠다. 히스테릭한 격정에 사로잡혀 눈물을 흘리고 경련을 일으키기도 했다. 독서 말고는 달리 갈 데도 없었다. 다시 말해 그 무렵 내 주위에는 존경할 만한 것, 내 마음을 끌 만한 것이라곤 아무것도 없었다. 게다가 마음은 한없이 울적했다. 모순과 대조를 구하는 히스테릭한 갈망이 생겨났고, 그러면 나는 그렇게 방탕에 몸을 맡겨 버렸다. 내가 지금 이런 말을 늘어놓는 건, 절대로 나 자신을 정당화하기 위한 변명이 아니고… 아니, 아니다! 이건 거짓말이다! 나는 역시 나 자신을 정당화하고 싶었다. 이건 여러분, 내가 나 자신을 위해서 지적해 두는 바다. 거짓말을 하고 싶지는 않으니까. 그렇게 약속했으니까.

밤마다, 나는 혼자서 남몰래 두려움에 떨며 더러운 방탕에 빠지곤 했는데, 가장 역겨운 순간에도 수치심은 나를 떠나지 않았으며, 그런 순간이면 그것은 저주스런 기분으로까지 상승하곤 했다. 그때 이미 나는 내 영혼 속에 지하실을 품고 있었다. 어쩌다 누가 나를 보지나 않을까, 누구와 마주치지는 않을까, 혹시 누군가 나를 알아보지나 않을까 하고 나는 끔찍이도 두려워했다. 그러면서도 나는 온갖 어두운 곳을 여기저기 돌아다녔다.

어느 날 밤 한 싸구려 선술집 옆을 지나는데, 불이 환히 켜진 창 너머로 당구대를 둘러싸고 신사들이 큐를 들고 싸움질을 하다가 그중 한 명이 창문 밖으로 내동댕이쳐지는 것을 보았다. 딴 때 같았으면 나는 몹시 기분이 상했겠지만, 그 순간엔 갑자기 이 내동댕이쳐진 신사가 부러워 죽을 것 같아서 그 선술집의 당구장 안으로 들어가 보기까지 했다. '나도 한번 되게 싸워 보자, 그러면 나도 저렇게 창밖으로 내동댕이쳐질지도 모르잖아'라는 생각에서였다.

그때 나는 취해 있지는 않았지만 어쩔 수가 없었다. 정말로 히스테릭할 정도로 우수에 젖어 있어서 이런 짓조차도 서슴지 않았다! 하지만 뭐 하나 되는 일이 없었다. 나는 창에서 떨어질 재간도 없는 것 같고, 그래서 결국 싸움도 하지 않은 채 꽁지를 내리고 순순히 그곳을 떠났다.

실은 내가 거기에 발을 들여놓자마자 한 장교가 내 큇대를 꺾어 버렸다.

나는 내가 길을 막고 있는지도 모르고 당구대 옆에 그냥 서 있었는데, 그 장교가 마침 그곳을 지나가야 했던 것이다. 그는 내 어깨를 잡고서 한마디 말도 없이－미리 언질을 주지도 않고, 가타부타 설명도 없이－나를 내가 원래 서 있던 곳에서 다른 곳으로 옮겨 놓은 뒤, 정작 자신은 그걸 알아채지도 못한 양 그냥 지나갔다. 차라리 나를 한 대 팼더라면 용서할 수 있었을 텐데, 나를 무슨 물건처럼 이리저리 옮겨 놓고선, 본인은 그걸 의식도 못하고 있으니, 이건 절대로 용서할 수 없는 일이다.

그 순간 내가 보다 진정한, 보다 정당한 싸움을, 보다 고상하고, 소위 보다 **문학적인** 싸움을 할 수 있었더라면 나는 내 영혼이라도 기꺼이 내놓았을 것이다! 나는 마치 파리 같은 취급을 당한 것이다. 그 장교는 키가 10베르쇼크[15]나 됐지만, 나는 키도 작고 몸도 비쩍 말랐다. 그러니

15) 베르쇼크(вершок) : 미터법 시행 전 러시아의 길이 단위로 1베르쇼

싸움을 하고 안 하고는 내 손에 달린 문제였다. 내가 조금 대들기만 했어도, 창밖으로 내동댕이쳐질 게 틀림없었다. 하지만 나는 생각을 고쳐먹고… 억울해서 이를 갈면서도 꽁무니를 빼는 쪽을 택했다.

(…)

내가 그때 겁을 먹은 것은 비겁해서가 아니라, 실은 한없는 내 허영심 때문이었다. 10베르쇼크의 키에 질린 것도 아니고, 실컷 얻어터지고, 창밖으로 내동댕이쳐질까 봐 경악한 것도 아니었다. 육체적인 용기라면 사실 충분했지만, 정신적인 용기가 부족했다. 내가 두려워한 건 거기에 있던 녀석들, 즉 시건방진 종업원들을 위시하여, 기름이 꼬질꼬질 낀 옷깃을 한 채 주위에서 얼쩡거리고 있던 구린내 나는 여드름투성이 말단 관리에 이르기까지, 설사 내가 트집을 잡아 녀석과 문학적인 언쟁을 시작한다고 해도 누구 하나 내 말을 알아먹지 못할 테고, 괜히 나를 웃음거리로 만들지도 모른다는 사실이었다. 바로 그것이 나를 경악케 했던 것이다.

(…)

크는 4.445센티미터로 16분의 1아르신에 해당한다. 1아르신은 약 71센티미터이고, 본문에서는 앞에 2아르신이 생략됐기 때문에 장교의 키는 대략 186~187센티미터 정도다.

물론, 나의 이 하잘것없는 사건도 그냥 이렇게 끝날 리는 만무했다. 그 후에도 나는 이 장교를 종종 길거리에서 마주쳤고, 당장에 그를 알아보았다. 그도 나를 알아보았는지 어쨌는지는 잘 모르겠다. 분명 알아보지 못했을 것이다. 이렇게 결론을 내리는 건 다 그만한 근거가 있다. 하지만 어쨌거나 나는 원한과 증오가 이글거리는 눈으로 그를 바라보았고… 이것이 몇 년이나 계속되었다! 나의 원한은 심지어 해를 거듭할수록 더욱 깊게 뿌리를 내리고 더욱 크게 자라 갔다. 우선 나는 몰래 이 장교의 뒷조사를 하기 시작했다. 아는 사람이 아무도 없는 나로서는 꽤나 힘든 일이었다. 하지만 어느 날, 마치 그에게 홀린 듯이 멀찍이 떨어져 그의 뒤를 쫓다가 우연히 길에서 그를 부르는 사람이 있어서 마침내 그의 성을 알아내게 되었다. 다음번에는 그의 집까지 쫓아가서 문지기에게 10코페이카짜리 은화 한 닢을 쥐여 주고 그가 어느 건물 몇 층에 사는지, 혼자 사는지 누구와 함께 사는지 등 한마디로 문지기한테서 알아낼 수 있는 모든 것을 알아냈다. 그러던 어느 아침녘, 그때까지 문학 같은 것에 손을 대어 본 역사도 없었지만, 이 장교를 희화적으로 폭로하는 형식의 소설을 쓰고 싶다는 생각이 문득 들었다. 나는 쾌감을 느끼며 그 소설을 썼다. 폭로는 물론이고 중상모략도 서슴지 않았다. 그의 성도 처음에는 대번에 알아볼 수 있도록 살짝만 바꿨지만, 나중에 곰곰이 생각한 끝에 아예 다른 걸로 바꿔서 《조국 잡기》[16]에 투고했다. 하지만 그때는 아직 폭로문학이라는 것이 없었기 때문에 내 소설은 실리지 못했다. 나는 화가 치밀어 올라 견딜 수가 없었다. 이따금씩은 너무 분해서 숨이 콱콱 막힐 지경이었다. 마침내 나는 나의 적수에게 결투를 신청하기로 결심했다. 나는 그에게 아름답고 매혹적인 편지를 써서 나에게 사과하라고 간청하고, 그것을 거절할 경우에는 결투를 할 수밖에 없다는 것도 상당히 강하게 암시해 두었다. 편지는 워낙 훌륭하게 잘 써졌기 때문에, 그 장교가 "아름답고 숭고한 것"을 조금이라도 이해하는 위인이었더라면 곧장 내게로 달려와 내 목을 얼싸안고 친구가 되자고 했을 게 틀림없다. 그렇게 됐더라면 얼마나 좋았을까! 우리는 그렇게 새로운 삶을 시작했을 것이다! 새로운 삶 말이다! "그는 자신의 훌륭한 풍채로 나를 지켜 줄 것이고, 나는 나의 지성과… 뭐 사상 같은 걸로 그를 숭고하게 만들어 주었을 것이고, 또 그 밖에도 좋은 일이 얼마나 많았을까!" 그러나 여러분도 상상할 수 있

---

16) 《조국 잡기(Отечественные записки)》 : 19세기에 발행된 유명한 잡지.

듯, 그때는 내가 그에게서 모욕을 받은 지 벌써 2년이나 지난 시점이었고, 따라서 내 결투 신청은 엄청난 시간 착오였다. 비록 내가 편지에서 온갖 기교를 총동원해 이런 시간 착오를 설명하고 슬쩍 은폐하려 했다 해도 마찬가지였다. 그러나 천만다행으로(지금까지도 눈물을 흘리며 신께 감사드리는 바다) 나는 그 편지를 부치지 않았다. 만약 그 편지를 부쳤더라면 어떤 일이 일어났을지 생각만 해도 온몸에 소름이 돋는다. 그런데 갑자기… 정말 갑자기 가장 간단하고 가장 천재적인 복수의 방식이 떠올랐다. 아주 기발한 생각이 떠오른 것이다. 이따금씩 휴일 같은 때, 나는 오후 3시경에 넵스키 거리로 나가 양지바른 쪽을 따라 산책을 하곤 했다. 다시 말하자면 내가 걸어 다닌 건 산책과는 거리가 먼 것으로, 무한한 고통과 굴욕과 분노를 마음에 새기는 것이었다. 하지만 아마도 바로 이런 것이 내게 대단히 필요한 것이었으리라. 나는 장군들, 근위기병 장교들, 경기병 장교들, 그리고 귀족 부인들에게 끊임없이 길을 비켜 주며 미꾸라지처럼 아주 볼썽사나운 모습으로 행인들 사이를 요리조리 비집고 다녔다. 바로 이런 순간에 내 옷차림이 얼마나 궁상맞은지, 요리조리 비집고 다니는 내 꼴이 얼마나 궁상맞고 천해 보이는지 생각만 해도 심장이 찢어지는 듯한 고통을 느꼈고, 등이 확 달아오르는 듯한 수치심을 느꼈다. 이것은 극심한 고통, 견딜 수 없는 굴욕감의 연속이었다. 이 경우 굴욕감이란, 이 세상 모든 사람들 앞에서 나는 파리다, 아무짝에도 쓸모없는 추악한 파리－하지만 그 누구보다도 총명하고, 누구보다도 지적으로 발달해 있고, 누구보다도 고상한 파리－다, 그렇건만 끊임없이 누구한테나 길을 비켜 주고 누구한테나 굴욕을 당하고, 누구한테나 모욕을 받는 파리다, 하는 생각에서 생기는 것인데, 이런 생각들은 계속해서 심장의 고통이나 등이 확 달아오르는 것 같은 직접적인 육체의 감각으로 바뀌어 갔다. 대체 뭘 위해 나 스스로 이런 고통을 자처하는지, 대체 뭣 때문에 넵스키 거리에 나와 어슬렁거리고 있는지 난들 어찌 알겠는가? 하지만 나는 그저 기회만 있으면 그곳에 **이끌려 가곤 했다.**

(…)

그때 내 머리에 문득 놀랄 만한 생각이 떠올랐다. '그러니까' 하고 나는 생각했다. '그러니까 만약 내가 그와 만났을 때… 음… 길을 비켜 주지 않으면 어떻게 될까? 그와 부딪치게 돼도 일부러 비켜 주지 않는다면, 그땐 어떻게 될까?' 이런 대담한 생각은 차츰 내 마음을 강하게 사로잡아, 급기야 나는 안절부절못하게 되었다. 나는 끊임없이 그 몽상에 사로잡혔고, 막상 실행에 옮길 때 어떻게 할 것인

(…)

아무래도 석 달 이상을 내리 몽상에만 잠겨 있을 수는 없었기에 나는 차츰 사회 속으로 뛰어들고 싶은 억제하기 힘든 욕구를 느끼기 시작했다. 내게 있어 사회 속으로 뛰어든다는 것은 계장 안톤 안토노비치 세토치킨을 방문하는 것을 의미했다. 이 사람은 내 인생을 통틀어 유일하게 지속적으로 알고 지내는 사람이었는데, 이에 대해선 나 자신도 놀라고 있는 형편이다. 하지만 내가 그를 방문하는 것은 특정 주기가 도래했을 때, 즉 나의 몽상이 행복의 절정에 다다라, 반드시, 또 지체 없이 사람들과, 아니 전 인류와 포옹을 하지 않으면 안 될 때뿐이었다. 그러기 위해서는 실제로 현실에 존재하는 사람이 주위에 단 한 사람이라도 있어야 한다. 한데 안톤 안토노비치에게 가려면 (그의 면회일인) 화요일밖에 안 되기 때문에, 당연히 전 인류와 포옹하고 싶은 나의 욕구도 언제나 화요일에 맞추어야 했다.

(…)

나는 네 시간이나 이 사람들 곁에 바보같이 죽치고 앉아서 그들의 어리석은 대화를 듣고 있을 만한 인내심은 있었지만, 자진해서 이야기에 끼어들 용기도 재간도 없었다. 그러노라면 몇 번이나 식은땀이 흐르고 금세 졸도할 것처럼 감각이 마비되는 것 같았지만, 이건 꽤나 유익하고 좋은 일이었다. 왜냐하면 이렇게 하고 집에 돌아오면, 전 인류와 포옹하고 싶은 나의 소망도 한동안은 유보되기 때문이다.

그 밖에 또 시모노프라는 지인이 하나 더 있긴 했는데, 그는 옛날에 나와 같이 학교를 다닌 동창생이었다. 동창이라면 아마 페테르스부르크에 꽤나 많겠지만, 나는 그들과 전혀 왕래가 없었고 어쩌다 길거리에서 마주쳐도 인사조차 건네지 않게 되었다. 내가 다른 곳으로 근무처를 옮긴 것도, 어쩌면 그들과 함께 있기 싫어서, 또 저 증오스런 어린 시절과의 인연을 단번에 싹둑 잘라 버리기 위해서인지도 모른다. 저 학창 시절, 저 끔찍한 유형의 나날들에 저주가 있기를! 한마디로 말해 나는 자유의 몸이 되기가 무섭게 학교 친구들과는 왕래를 싹 끊어 버렸다. 그래도 길에서 만나면 인사 정도나 나누는 녀석들은 아직 두셋 정도 남아 있다.

(…)

그러던 어느 목요일, 외로워 견딜 수가 없어진 나는 목요일에는 안톤 안토노비치의 응접실도 문을 닫는다는 사실을 알았던 터라, 대신 시모노프를 생각해 냈다. 4층에 있는 그의 집으로 올라가면서, 이 양반이 나를 부담스러워

하니까 지금 괜한 걸음을 하고 있는 게 아닐까 하는 생각이 들었다. 하지만 이런 생각에 골몰하다 보면, 언제나 이러지도 저러지도 못하는 상태에 빠지기 때문에, 나는 그냥 안으로 쑥 들어갔다. 내가 마지막으로 시모노프를 본 이후 거의 1년 만이었다.

3

들어가 보니, 그의 집에는 동창생이 두 명 더 있었다. 보아하니 꽤나 중요한 일을 의논하고 있는 것처럼 보였다. 내가 들어가도 누구 하나 아는 척도 안 했는데, 그건 몇 년 만에 만난 것치고는, 좀 이상하기까지 했다. 다들 나를 흔해 빠진 파리 새끼 같은 존재로 여기는 게 분명했다. 학교 다닐 때도 다들 나를 싫어하긴 했지만 이렇게까지 멸시하진 않았다. 물론, 나도 그들이 나를 경멸하는 게 당연하다는 걸 십분 이해한다. 왜냐하면 관리 생활도 그리 순탄치 못한데다, 처지도 영 보잘것없고, 옷차림도 허접스럽기 짝이 없는 등등, 이래서 그들의 눈에는 이런 것들이 내 무능력과 보잘것없는 지위를 간판처럼 매달고 다니는 것처럼 보였을 테니까 말이다. 아무리 그렇다고 해도 이 정도로까지 멸시하리라고는 예상치 못했다. 시모노프는 내가 온 것에 깜짝 놀라기까지 했다. 하긴 전에도 내가 오면 늘 놀라는 것처럼 보였다. 이 모든 것들에 나는 완전히 당황해서, 약간 울적한 상태로 자리에 앉아 그들이 무슨 일로 의논을 하는지 귀를 기울였다.

이들 사이에서는 아주 진지하다 못해 열렬한 얘기가 오갔는데, 그것은 다름 아니라 장교가 되어 먼 데로 취임해 가는 친구 즈베르코프[19]를 위해 이들이 다 같이 내일 송별회를 연다는 것이었다. 므시외 즈베르코프는 학창 시절 내내, 나의 학우였다. 내가 그를 특히나 증오하게 된 것은 상급생이 된 후부터였다. 하급생 때는 그는 그저 모두에게 사랑받는 귀엽고 활발한 소년일 따름이었다. 하긴, 나는 하급생 시절부터 그를 증오했는데, 그건 그가 귀엽고 활발한 소년이라는 바로 그 이유 때문이었다. 그의 성적은 늘 꾸준히 나빴고, 가면 갈수록 점점 더 나빠졌다. 그런데도 후원자가 뒤를 봐주고 있었기 때문에 졸업하는 데는 아무런 지장이 없었다. 졸업을 앞둔 그해에 농노 200명이

19) 러시아어로 즈베르(зверь)는 '짐승, 맹수, 흉악한 인간'이란 뜻으로, 이름을 직역하자면 '짐승 같은 인간'이라는 뜻이 된다. 러시아 문학에서 인물들의 이름은 종종 그들의 성격, 특성, 때로는 운명까지도 내포한다.

딸린 영지가 유산으로 그의 손에 굴러들어 왔다. 그런데 학교에 있는 애들 대부분이 가난뱅이였기 때문에, 그는 우리 앞에서조차 우쭐대기 시작했다.

(…)

나는 잘생겼지만 멍청한 그의 얼굴(그래도 나는 그의 얼굴과 나의 **이지적인** 얼굴을 기꺼이 맞바꿀 용의가 있지만)도, 40년대 풍의 무례한 장교식 태도도 증오스러웠다. 나는 또, 그가 여자 문제에 관한 한 자기는 앞으로도 늘 승승장구할 것이고(그는 장교의 견장을 달 때까지는 여자에게 손을 안 대겠다고 결심하고 있었기 때문에 그날을 손꼽아 기다리고 있었다) 그 때문에 쉴 새 없이 결투에 불려 다니게 될 거라고 떠벌리는 것이 증오스러워 견딜 수가 없었다.

(…)

그런데 다름이 아니라, 바로 이 즈베르코프를 위해, 우리 동창생들이 송별회를 열어 주려고 하는 것이다. 그들은 지난 3년간 꾸준히 즈베르코프와 왕래가 있었으며, 그러면서도 속으로는 자기들이 그와 대등하다고 여기지 않았다는 것은 너무도 뻔했다.

(…)

"그럼, 우리 세 사람이 7루블씩 내면 21루블, 그리고 즈베르코프까지 합하면 네 사람, 장소는 '오텔 드 파리(Hôtel de Paris, 파리 호텔)', 시간은 내일 오후 5시로 하지." 간사로 뽑힌 시모노프가 이렇게 최종적으로 결정을 내렸다.

"어째서 21루블이라는 거야? 나까지 계산하면 21루블이 아니라 28루블이지." 나는 약간 흥분해서, 아니 심지어 화를 내며 말했다.

이렇게 갑자기, 뜻밖에 참가 의사를 밝히면 꽤나 멋있어 보이고, 그들도 단번에 압도되어 경의의 눈으로 나를 바라볼 것이라 여겼다.

"어, 자네도 오려고?" 어쩐지 나를 외면하면서 시모노프가 심드렁하게 한마디 했다.

나는 그가 나라는 인간을 훤히 꿰뚫고 있다는 사실에 갑자기 너무도 성질이 났다.

"그게 어째서? 나도 같은 동창인데, 나만 이렇게 따돌리니 솔직히 말해 좀 화가 나는군." 나는 다시 성질이 나서 속이 부글부글 끓기 시작했다.

(…)

"그럼, 자네도 넣도록 하지." 나를 돌아보며 시모노프가 결정을 내렸다. "내일 5시, 오텔 드 파리, 실수하지 말게."

(…)

"그럼 내일 5시 정각이야!" 시모노프가 계단을 내려가는 나를 향해 소리쳤다. 내가 돌아가는 것이 기뻐서 견딜 수 없는 모양이었다. 한편 나는 화가 치밀어 미치기 일보 직전이었다.

"아니 어쩌다, 어쩌다가 이런 일에 뛰어든 거야!" 길을 걸어가며 나는 이를 북북 갈았다. '그것도 저 비열한에 돼지 새끼 같은 즈베르코프 놈을 위해서라니! 물론 갈 필요도 없어. 침이나 한 번 탁 뱉고 말지 뭐. 약속이고 뭐고 알게 뭐야? 내일 당장 시모노프한테 시내 우편으로 통지하지 뭐….'

하지만 나를 정말 미칠 정도로 화가 나게 하는 것은 이러면서도 내가 틀림없이 갈 것임을, 일부러라도 갈 것임을 분명히 알았기 때문이다. 게다가 거기 가는 것이 미련한 짓일수록, 또 무례한 짓일수록 더더욱 갈 것임을 나 자신이 누구보다 잘 알았기 때문이다.

(…)

이날 밤 나는 추악하기 짝이 없는 꿈을 꾸었다. 그건 별로 이상한 일도 아니었다. 잠자리에 들기까지 저녁 내내, 감옥에 갇힌 죄수 같았던 나의 학창 시절의 추억에 사로잡혀 헤어날 수가 없었으니 말이다. 나를 그 학교에 집어넣은 것은 먼 친척들로, 난 그들의 신세를 지고 있었는데 그들이 나와 어떻게 되는 관계인지는 지금까지도 전혀 모르겠다. 그들의 온갖 꾸지람과 학대 속에서 생각만 깊어지고 말수도 적어지고, 모든 것을 삐뚜름하게 보게 된 고아와 매한가지이던 나를 그들은 이 학교에 집어넣었던 것이다. 학교 친구들은 내가 그들 중 누구와도 비슷하지 않다는 이유로 악의에 찬 무자비한 비웃음으로 나를 맞이했다. 하지만 나는 비웃음을 참지 못하는 성격이었고, 또 그렇다고 그들처럼 손쉽게 서로 잘 어울려 놀 수도 없는 성격이었다. 나는 곧 그들을 증오하게 되었고, 그들 모두를 피해, 겁 많고 상처 받은 한없는 자존심의 껍질 속에 틀어박혀 버리고 말았다. 그들의 무례한 언동이 내 속을 뒤집어 놓았다. 그들은 나의 얼굴과 자루를 뒤집어씌워 놓은 것 같은 내 모양새를 비웃어 댔다! 하지만 그러는 그들의 얼굴은 정작 하나같이 얼마나 멍청한지!

(…)

내가 그들보다 더 나빴을지도 모르겠으나, 어떻든 나는 그들을 끔찍이도 증오했다. 그들도 똑같은 식으로 나에게 되갚아 주었고, 나에 대한 혐오감을 조금도 숨기지 않았다. 하지만 나는 이미 그들의 사랑 따위는 바라지도 않았고, 오히려 항상 그들의 굴욕을 갈망했다. 그들의 비웃음을 피하기 위해, 나는 일부러 가능한 한 더 열심히 공부해서 우등생 축에 들게 되었다. 그것은 대단한 효과를 나타냈다. 게다가 자기들이 읽을 수도 없는 책을 나는 이미 읽었고, 또 자기들이 들어 본 적도 없는 것들(우리의 전공 교과목에도 나오지 않는 것들)을 내가 이해하고 있다는 사실을 그들은 조금씩 눈치채기 시작했다. 그들은 이것을 삐뚜름하고 냉소적인 시선으로 바라보았지만 정신적으로는 나에게 굴복했음에 틀림없다. 게다가 선생님들조차도 이 때문에 나에게 주의를 기울이기 시작했으니 말이다. 이리하여 냉소는 멈추었으나 적의는 그대로 남아서, 그들과 나 사이에는 냉랭하고 긴장된 관계가 형성되었다. 하지만 결국에 가서는 내가 더 참을 수 없게 되었다. 나이가 들수록 사람이, 또 친구가 점점 더 아쉬워졌다. 몇몇 사람과 친해지려고 시도해 봤지만, 이런 친교는 언제나 부자연스러운 것으로 자연히 저절로 흐지부지 끝나고 말았다. 꼭 한 번 어쩌다 친구가 생긴 일이 있었다. 하지만 나는 이미 영혼 깊숙이 폭군이 되어 있었다. 그의 영혼을 무한히 지배하고자 했으며, 그를 둘러싸고 있는 주변의 모든 것에 경멸의 감정을 불어넣으려 했고, 뿐만 아니라 오만하게도 그 모든 것들과 완전히 결별하라고 요구했다. 나의 이 열정적인 우정에 그는 경악했고, 급기야는 눈물을 흘리며 경련을 일으킬 지경이 되었다. 그는 순진하고 남에게 영향을 받기 쉬운 영혼이었다. 하지만 그가 내 손아귀에 완전히 들어오자마자, 나는 이내 그를 증오하기 시작했고, 끝내 차 버리고 말았다. 내가 그를 필요로 했던 건 오직 그를 굴복시키고 정복하여 승리를 거두기 위해서였던 것처럼 말이다.

(…)

다음 날 아침 일찍, 나는 지금 당장 내가 원하던 모든 일이 성사될 것만 같은 생각이 문득 들어서 두근거리는 가슴을 안고 침대에서 벌떡 일어났다. 그러면서 바로 오늘 내 인생에 일대 전환이 찾아올지도 모른다고, 아니 반드시 올 거라고 굳게 믿었다. 보통 때 별로 없는 일이라 익숙지 않아서 그런지, 나는 평생 아무리 사소한 일이라도 뭔가 외부적인 사건이 일어나기만 하면 지금 당장 내 일생일대의 전환이 일어날 것만 같았다. 그래도 평상시처럼 출근은 했지만 모임에 갈 준비를 하기 위해 두 시간 일찍 슬그머니 일터에서 빠져나왔다. '무엇보다 중요한 것은 제일 먼저 도착해서는 절대로 안 된다는 점이다. 만일 그랬다간 내가 거기 오게 돼서 몹시 좋아했다고 생각들을 할 테니까'라고 나는 생각했다. 그러나 이 정도로 중요한 일은 수천 가지는 족히 되었고, 그런 것들에 신경을 있는 대로 쓰다 보니 나는 완전히 녹초가 되었다. 내 손으로 구두도 한 번 더 닦았다.

(…)

다음엔 옷을 꺼내 꼼꼼히 살펴보니, 모든 게 너무 낡아 빠지고, 닳고 해져서 너덜너덜할 정도라는 것을 깨달았다. 내가 너무 심하게 꼬질꼬질하게 하고 다녔나 보다. 제복이라면 물론 깨끗했지만, 그렇다고 제복을 입고 모임에 갈 수는 없는 노릇이다. 그러나 무엇보다 난처한 것은 바지에, 그것도 딱 무릎 부분에 커다랗고 누런 얼룩이 져 있는 것이다. 이 얼룩 하나만으로도 내 위신의 90퍼센트는 족히 날아가 버릴 것이라는 예감이 들었다. 이런 생각을 하는 것 자체가 매우 저속하다는 것을 나 또한 잘 알고 있었다. '하지만 지금은 생각할 겨를이 없다. 이제 곧 현실이 도래한다'라는 생각을 하니, 나는 갑자기 의기소침해졌다. 동시에 나는 내가 이러한 사실을 지나치게 과상하고 있음도 잘 알고 있었다. 하지만 어쩌란 말인가? 이미 스스로를 제어할 수 없어, 열병이라도 난 듯 온몸이 부들부들 떨리고 있는데. 절망에 찬 나는 이 "비열한 놈" 즈베르코프가 얼마나 거만하고 냉랭하게 나를 맞이할지 상상해 보았다. 저 멍청이 트루도류보프도 무턱대고 그 바보 같은 상통으로 사뭇 경멸하듯 나를 보겠지.

(…)

마침내, 나의 싸구려 벽시계가 쉰 소리로 5시를 알렸다. 나는 모자를 들고, 벌써 아침부터 급료 지불을 기다리고 있지만 자존심 때문에 먼저 말을 꺼내지는 않고 있는 하인 아폴론과 될 수 있는 대로 눈길을 마주치지 않으려고 애쓰면서 그의 옆을 지나 문을 빠져나온 뒤, 마지막 남은 50코페이카짜리 은화를 털어, 일부러 고급 삯마차를 빌려 타고는, 귀족처럼 굴며 오텔 드 파리로 향했다.

4

벌써 전날 밤부터, 나는 내가 맨 먼저 도착할 것임을 알고 있었다. 하지만 문제는 맨 먼저냐 아니냐 하는 정도가 아니었다.

그들은 아무도 와 있지 않았을 뿐더러, 예약한 방을 찾는 데도 한참이나 애를 먹었다. 테이블 준비도 아직 다 되어 있지 않았다. 이게 대체 무슨 일인가? 이리저리 물어본 후, 마침내 급사한테서 회식이 5시가 아니라 6시로 잡혔다는 사실을 알아냈다. 식당 측에서도 그렇다고 확인해 주었다. 더 이상 물어보는 것도 부끄러울 지경이었다. 이제 겨우 5시 25분이었다.

(…)

정각 6시에 그들이 모두 한꺼번에 나타나자, 처음 한순간 마치 구세주라도 만난 듯 기뻐 어쩔 줄 모르고 그들을 맞았으며, 잔뜩 화가 난 모양을 하고 있어야 된다는 것도 하마터면 잊을 뻔했다.

(…)

"오래 기다렸나?" 트루도류보프가 물었다.

"어제 나한테 일러 준 대로 5시 정각에 왔으니까." 나는 당장이라도 폭발할 듯한 기세로 성질을 내며 큰 소리로 대답했다.

"아니, 설마 시간이 변경된 걸 이 사람한테 알려 주지 않았나?" 트루도류보프가 시모노프에게 물었다.

"아니, 못 알렸어. 깜빡했네그려." 이렇게 대답은 했지만, 미안한 기색은 손톱만큼도 없고 심지어 나한테 미안하단 말 한마디 없이, 그는 자쿠스카[20]를 주문하러 가 버렸다.

"그럼 여기서 벌써 한 시간이나 기다렸겠군. 아이고,

---

20) 자쿠스카(закуска) : 정식 서양 요리에서 수프 전에 나오는 전채에 해당하는 간단한 요리를 일컫는다. 술과 함께 곁들여 먹는 간단한 요리도 이에 포함된다.

불쌍해라!" 즈베르코프가 조롱하는 듯이 이렇게 소리쳤다. 왜냐하면 그의 상식으로 보면, 이건 말도 안 되는 우스꽝스럽기 짝이 없는 일이기 때문이다. 그를 따라서 비열한 놈 페르피치킨도 개새끼처럼 깽깽거리는 야비한 목소리로 마구 웃어 대기 시작했다. 내가 이런 꼴을 당한 게 황당하면서도 우스워 죽겠는 모양이었다.

(…)

다들 자리에 앉았고 나도 앉았다. 원형 테이블이었다. 내 왼쪽에 트루도류보프가, 오른쪽에 시모노프가 앉았고, 즈베르코프는 내 맞은편에 앉았다. 페르피치킨은 즈베르코프 옆, 그러니까 그와 트루도류보프 사이에 앉았다.

"저-어-… 어느 부서에 다니나?" 즈베르코프가 계속해서 내게 관심을 보였다. 내가 당황하는 것을 보고, 나를 위로해 주어야겠다, 아니 다시 말해 격려해 주어야겠다고 진심으로 생각한 모양이었다. '아니, 이 자식, 나한테 술병으로 한 대 얻어터지고 싶은 모양이지.' 나는 미친 듯이 화가 나서 이렇게 생각했다. 이런 자리가 익숙지 않아서 그런지, 나는 이상할 정도로 빨리 화가 치밀어 올랐다.

"…부서에 있네." 접시를 쳐다보며 나는 퉁명스레 내뱉었다.

"그래… 그쪽이 더 이득이 되나? 저-어- 그러니까,

무슨 연―유로 지난번 직장을 그만둔 건가?"

"저―――어―――, 그러니까 무슨 연―――유였냐 하면, 그냥 그만두고 싶어서 그만둔 거야." 나는 이미 자제력을 거의 잃은 채, 그가 한 말을 과장되게 흉내 내어 세 배나 더 질질 끌며 대답했다. 페르피치킨은 우스워 죽겠다는 듯 깔깔거리며 웃음을 터뜨렸다. 시모노프는 비아냥거리는 시선으로 나를 쳐다보았다. 트루도류보프도 잠시 먹는 것도 멈추고 호기심 어린 시선으로 나를 뜯어보기 시작했다.

즈베르코프는 화가 나서 움찔했지만, 별로 마음에 두려 하지 않았다.

"저―어―, 대우는 어떤가?"

"무슨 대우?"

"그러니까, 봉―급은 어느 정도나 되는지?"

"아니, 지금 나를 두고 시험이라도 보는 건가!"

말은 이렇게 했지만, 나는 당장에 내 봉급 액수를 지껄이고 말았다. 그리고는 얼굴이 확 달아올라 새빨개졌다.

"별로 넉넉지는 못하군." 즈베르코프가 진중하게 응수했다.

"그러게, 이런 카페-레스토랑에서 식사도 못하겠는걸!" 페르피치킨이 뻔뻔스레 덧붙였다.

"내 보기엔 그저 넉넉지 못한 정도가 아니라 한마디로, 아주 가난하구먼." 트루도류보프도 진지하게 응수했다.

"그래서 이렇게 바싹 말랐군, 또 그 시절과 비교해 보면… 너무 변해서…." 즈베르코프는 약간은 독기 어린 어조로, 노골적인 동정심을 드러내며 나와 내 행색을 찬찬히 뜯어보았다.

"자꾸 그러면 저 친구 입장이 너무 난처해지지 않나." 페르피치킨이 히죽거리며 소리쳤다.

(…)

"자 이제 그만, 그만!" 즈베르코프가 소리쳤다. "이제 다들 그만 좀 하게. 일껏 모인 자린데 왜들 이러나. 차라리 내가 그저께 하마터면 결혼할 뻔했던 얘기를 하는 게 더 낫겠네…."

자, 이리하여 그저께 이 신사가 어쩌다가 하마터면 결혼할 뻔했는지에 관한 시시껄렁한 모험담이 시작되었다.

(…)

나는 완전히 외톨이가 되어, 짓뭉개지고 짓밟힌 채로 기가 팍 죽어 앉아 있었다.

(…)

나는 그들 중 아무도 보지 않으려고 무진장 애를 썼다. 그렇게 무관심한 척하면서, 그들이 **먼저** 나한테 말을 걸어

오길 초조하게 기다리고 있었다. 하지만 오호통재라, 그들은 말을 걸어오지 않았다. 그 순간 나는 그들과 화해하길 얼마나 간절히 바랐던가! 시계가 8시를, 그리고 마침내 9시를 알렸다.

(…)

나는 경멸에 찬 미소를 띠며, 소파 바로 맞은편에 있는 방의 다른 쪽 벽을 따라 테이블과 난로 사이를 오락가락하고 있었다. 그들이 나를 상대해 주지 않아도 아무렇지도 않다는 것을 보여 주려고 있는 힘을 다했다. 그러면서도 일부러 구두 뒤축에 힘을 주어 탁탁 소리를 냈다. 하지만 내가 무슨 짓을 하든 아무런 소용이 없었다. 그들은 내 쪽으론 눈도 꿈쩍하지 않았다. 나는 굉장한 인내심을 발휘해서, 그들 바로 앞에서 똑같은 장소를, 그러니까 테이블에서 난로까지, 다시 난로에서 테이블까지 계속 반복해서 8시부터 11시까지 장장 세 시간이나 왔다 갔다 하고 있었다. '이렇게 내 발로 왔다 갔다 하는 거니까 아무도 말릴 수는 없지.' 방에 들어온 급사가 몇 번이나 멈추어 서서 나를 쳐다보았다. 방향을 너무 자주 바꾸다 보니 머리가 빙빙 도는 것 같았다. 가끔은 의식이 몽롱해지기도 했다. 이 세 시간 동안 나는 세 번이나 땀에 흠뻑 젖었다가 말랐다가 했다. 10년이나 20년, 아니 40년이 지나도, 그래 40년 후에도 어쨌거나 내 인생을 통틀어 가장 치욕스럽고 가장 우스꽝스럽고, 가장 끔찍한 이 순간을 회상하며 혐오감과 굴욕감에 몸을 떨게 되리라는 생각이 때때로 독기 어린 통증처럼 아주 깊이 내 심장을 찔러 댔다. 이보다 더 낯 뜨겁게, 이보다 더 자발적으로 자신을 굴욕에 빠뜨리는 것은 불가능할 정도였고, 나는 이 점을 충분히, 아주 잘 이해했음에도 불구하고 여전히 테이블과 난로 사이를 왔다 갔다 했다. '오, 내가 얼마나 대단한 감정과 사상을 품을 수 있는지, 또 내가 얼마나 지적으로 발달해 있는지 네놈들이 알기만 한다면!' 나는 이따금 내 원수들이 앉아 있는 소파를 향해 마음속으로 이렇게 말했다. 하지만 내 원수들은 나 같은 건 방 안에 있지도 않은 듯이 그렇게 행동했다. 한 번, 꼭 한 번, 그들이 내 쪽으로 고개를 돌렸는데, 그건 바로 즈베르코프가 셰익스피어 얘기를 꺼내서, 내가 갑자기 가소롭다는 듯 경멸에 찬 웃음을 터뜨렸을 때였다. 하지만 내 웃음이 너무 억지스럽고 추악한 것이어서, 그들 모두가 하던 얘기를 뚝 그치고, 내가 벽을 따라 테이블에서 난로 사이를 왔다 갔다 하는 모습을, 또 내가 **자기들한테 눈곱만큼의 신경도 쓰지 않는 모습**을 비웃지도 않고 아무 말도 없이 2분가량이나 진지하게 관찰했다. 하지만 그것도 그냥 그렇게 끝나고 말았다. 그들은 말을 걸어오기는

커녕, 2분 뒤엔 또다시 나를 내팽개쳤다. 시계가 11시를 알렸다.

"자, 여러분, 이제 다들 거기로 가세나" 하고 즈베르코프가 소파에서 몸을 일으키며 소리쳤다.

"물론, 물론, 당연히 가야지!" 다른 녀석들이 맞장구를 쳤다.

(…)

"올림피아는 내 차지야, 자네들, 약속하지!" 즈베르코프가 소리쳤다.

"암, 여부가 있나! 여부가 있어!" 다들 웃으며 그에게 대답해 주었다.

나는 구정물을 뒤집어쓴 것 같은 기분으로 서 있었다. 녀석들은 왁자지껄 떠들어 대며 방에서 나갔고, 트루도류보프는 무슨 바보 같은 노래까지 한 곡조 뽑았다. 시모노프는 급사들에게 팁을 주느라고 잠깐 남아 있었다. 나는 갑자기 그에게로 다가갔다.

"시모노프! 6루블만 꿔 주게!" 나는 결연하게, 또 필사적으로 말했다.

그는 너무 놀라 어이가 없다는 표정으로 뭔가 흐리멍덩한 눈으로 나를 바라보았다. 그도 많이 취해 있었다.

"정말 **거기까지** 우리를 따라오려고?"

"그래!"

"돈 없네!" 그는 딱 잘라 말한 뒤 경멸스럽다는 듯 비웃고는 방을 나섰다.

나는 그의 외투 자락을 붙잡고 늘어졌다. 이건 악몽이었다.

"시모노프! 자네가 돈을 갖고 있는 걸 방금 내 두 눈으로 보았는데, 왜 거절하는 건가? 아니, 정말 내가 그 정도로 비열한 놈인가? 제발 내 부탁을 거절하지 말아 줘. 내가 무엇 때문에 돈을 빌려 달라는지 자네가 알기만 한다면, 그렇기만 하다면! 나의 전 미래가, 나의 모든 계획이, 그러니까 내 모든 것이 여기에 달려 있단 말일세…."

시모노프는 돈을 꺼내서 거의 내던지다시피 내게 주었다.

"가지게, 인간이 어쩌면 이렇게까지 뻔뻔할 수가 있는 거지!" 그는 이런 무자비한 말을 내뱉고는 그들을 쫓아 뛰어갔다.

나는 잠시 혼자 우두커니 남겨졌다. 온통 난장판이다. 먹다 남은 음식, 바닥에 뒹굴고 있는 깨진 술잔, 엎질러진 술, 담배꽁초, 머릿속의 취기와 몽롱함, 가슴속의 고통스러운 우수, 끝으로 그 모든 것을 보고, 모든 것을 듣고, 지금도 호기심에 가득한 눈으로 나를 보고 있는 급사들.

"**거기로 가자!**" 나는 고함을 질렀다. "저놈들 모두가 내 앞에 무릎을 꿇고, 내 다리에 매달려, 나의 우정을 구걸하든가… 아니면 내 즈베르코프 놈의 낯짝에 따귀를 갈겨 줄 테다!"

5

(…)

그들은 이미 그림자도 보이지 않았다. 하지만 그건 문제도 아니다. 그들이 어디로 갔는지 나는 잘 알고 있으니까.

(…)

'나는 **무슨 일이 있어도 반드시** 즈베르코프의 뺨을 갈겨 주어야만 한다. 나에겐 그럴 의무가 있다. 그래, 이걸로 결정되었다. 나는 그놈의 뺨을 갈겨 주러 가는 거다'라고 나는 생각했다.

"좀 더 빨리 몰아!"

마부가 고삐를 확 잡아당겼다.

'들어가자마자 곧장 갈겨 주자. 따귀를 갈기기 전에 서론 삼아 몇 마디 해 줘야 할까? 아니! 그냥 들어가자마자 갈겨 주는 거야. 놈들은 전부 나 홀에 앉아 있고, 내 원수는 올림피아를 옆에 끼고 소파에 앉아 있겠지. 올림피아, 그 망할 년! 그년은 일전에 내 얼굴을 놀려 대며 나한테 퇴짜를 놨었지. 나는 한 손으론 올림피아 년의 머리채를 잡고 다른 손으론 즈베르코프의 두 귀를 잡고 바닥을 질질 끌고 다닐 테다. 아니, 한 손으론 올림피아 년의 머리채를 잡아야 되니, 한쪽 귀만 잡는 게 낫겠구나. 그놈의 한쪽 귀만 잡고서 온 방 안을 질질 끌고 다닐 테다. 아마도, 그러면 놈들이 전부 달려들어 나를 흠씬 두들겨 패고, 밖으로 쫓아내겠지. 아니, 아마도 정도가 아니라 분명히 그럴 거다. 그러라고 하지 뭐! 어쨌건 내가 먼저 따귀를 갈겼으니 주도권은 나한테 있는 것이다. 명예의 법칙상 제일 중요한 것도 바로 이것이다. 놈은 이미 낙인이 찍힌 몸이라, 아무리 나를 두들겨 패도 결투를 하지 않는 한 따귀 맞은 치욕을 씻어 낼 수는 없을 것이다. 놈은 결투를 하지 않을 수 없는 거지.'

(…)

'내일 새벽에 결투다. 이건 이미 결정된 사실이다. 부서와도 이젠 끝장이다. 아까 페르피치킨 녀석, 부서라고 하지 않고 부서 나부랭이라고 했겠다. 한데 권총은 어디서 구한다? 식은 죽 먹기지! 월급을 가불해서 사지 뭐. 그럼

화약하고 총알은? 그건 다 입회인이 알아서 할 거야. 한데 이 모든 걸 새벽까지 어떻게 다 준비하지? 결투 입회인은 또 어디서 구하지? 나는 아는 사람도 없는데….'

(…)

'물론, 이 지경이 되면 모든 것은 끝장이다! 직장이고 뭐고 다 끝장이다. 나는 체포되어 재판을 받고, 직장에서 쫓겨나고 감옥 신세를 지고 결국 시베리아 유형에 처해질 것이다. 까짓 것, 이 정도는 아무래도 상관없다. 15년 후 감옥에서 나오면 누더기를 걸치고 거지꼴을 하고서라도 놈의 뒤를 밟겠지. 결국 어느 현청 도시에서 놈을 찾아내게 된다. 놈은 결혼해서 행복하게 살고 있겠지. 다 큰 딸도 있을 테고…. 그러면 나는 놈에게 이렇게 말해 줄 거다. "자 똑똑히 봐라, 이 인간 말종아! 이 푹 꺼진 내 볼과 내 누더기를! 나는 모든 걸 잃어버렸다—출세도, 행복도, 예술도, 학문도, **사랑하는 여자까지도**, 니 때문에 모든 것을 다 잃었다. 자, 여기 권총이 있다. 나는 이 권총을 쏘러 왔으며 그리고… 그리고 너를 용서하는 바다." 그러고는 곧 허공에다 총을 쏘고 그 뒤로는 어디론가 행방을 감춰 버리는 거다….'

나는 감동해서 거의 울음을 터뜨릴 지경이었지만, 그와 동시에 이 모든 것이 실비오[21]에게서, 또 레르몬토프[22]의 《가면무도회》에서 나온 것임을 더할 나위 없이 정확히 알고 있었다. 그러자 문득 자신이 미치도록 부끄러워졌고, 너무 부끄러워서 말을 멈추고 썰매에서 내려 눈 내리는 길 한복판에 우두커니 서 있었다. 마부는 너무 놀란 나머지 한숨을 내쉬며 나를 바라보았다.

어떻게 해야 할까? 거기에 가는 건 안 될 일이야. 어리석은 짓일 뿐이야. 그렇다고 이대로 관둘 수도 없고, 만일 그랬다가는 당장에…. "아 맙소사! 어떻게 이대로 관둘 수가 있나! 그렇게까지 모욕을 받은 마당에! 안 돼! 절대로 안 돼!"

나는 다시 썰매에 올라타면서 소리쳤다.

"이렇게 예정되어 있었던 거다. 이건 숙명이다! 더 빨리, 더 빨리 몰란 말이야, 거기로!"

조급한 나머지 나는 주먹으로 마부의 목덜미를 내리쳤다.

"아니, 나리, 왜 사람을 치고 그러쇼?" 이렇게 소리를 지

---

21) 실비오 : 푸시킨의 단편 모음집 《벨킨 이야기》 중 하나인 〈그 일발〉의 주인공. 지하생활자의 공상 뒷부분은 실비오의 대사와 행동을 그대로 옮겨 놓은 것이다.

22) 미하일 레르몬토프(Михайл Лермонтов, 1814~1841) : 19세기 러시아의 시인, 소설가, 극작가로 《우리 시대의 영웅》이 대표작이다.

르면서도, 마부는 비쩍 마른 말에 채찍을 후려갈겼기 때문에 말은 뒷발을 구르며 힘껏 달리기 시작했다.

(…)

마침내 목적지에 도착했다. 나는 정신없이 썰매에서 뛰어내려 계단을 단숨에 뛰어 올라가 두 손과 두 발로 문을 쾅쾅 두드리기 시작했다. 다리, 특히 무릎 근처의 힘이 쭉 빠졌다. 어쩐지 문은 금방 열렸다. 마치 내가 올 것을 알고 있었던 것처럼(실제로 시모노프는 한 명이 더 올지도 모른다고 미리 언질을 주었던 것이다. 여기는 그렇게 미리 언질을 줌으로써 대체로 신중을 기해야만 하는 곳이었다. 지금은 이미 오래전에 경찰 단속으로 근절되었지만, 이곳은 당시 성행하던 소위 "양장점" 중의 하나였다. 낮에는 정말로 양장점이었지만 밤에는 소개장을 가진 사람들만이 출입할 수 있었다). 나는 빠른 걸음으로 어두운 상점을 지나, 촛불이 달랑 하나 켜져 있는 낯익은 홀로 들어섰으나, 의아해하며 발걸음을 멈추었다. 거기엔 아무도 없었던 것이다.

"다들 어디 있나?" 내가 누군가에게 물었다.

하지만 당연히 그들은 진즉에 제각기 흩어져 방으로 들어간 뒤였다….

내 앞에는 한 사람이 바보 같은 미소를 지으며 서 있었는데, 이 사람이 바로 나와는 다소 안면이 있는 이 집의 여주인이었다. 잠시 후 문이 열리고 또 한 사람이 들어왔다.

나는 이 모든 것에 전혀 주의를 돌리지 않은 채 방 안을 왔다 갔다 하면서 중얼중얼 뭔가 혼잣말을 한 것도 같다. 나는 사지에서 구사일생으로 목숨을 건진 것 같은 기쁨을 온몸으로 느꼈다. 나는 정말로 그의 따귀를 갈겼을 것이다, 결단코 틀림없이 따귀를 갈겼을 것이다! 하지만 지금은 그들이 없으니… 모든 것이 사라졌고 상황은 완전히 바뀌었다! 나는 주위를 둘러보았다. 아직도 뭐가 뭔지 잘 분간이 안 갔다. 나는 들어온 아가씨를 반사적으로 쳐다보았다. 내 앞에는 다소 창백하긴 하나 신선하고 앳된 얼굴이 어른거렸다. 짙은 눈썹이 똑바르게 나 있고 눈빛은 진지하면서도 다소 놀란 듯했다. 이것이 곧 내 마음에 쏙 들었다. 만약 그녀가 빙글빙글 웃고 있었다면 나는 틀림없이 그녀를 증오했을 것이다. 나는 마치 주의를 집중하기라도 하듯 더욱 뚫어지게 그녀를 바라보기 시작했다. 그래도 여전히 생각들이 잘 정리되지 않았다. 이 얼굴에는 뭔가 순진무구하고 선량한 것이 깃들어 있었지만 어쩐지 이상할 정도로 진지한 구석도 있었다. 바로 이 때문에 그녀는 여기서 별로 인기를 얻지 못했고 저 바보 녀석들 중 아무도 그녀를 거들떠보지 않았으리라고 나는 확신한다.

하긴 그녀는 키도 크고 튼튼하고 몸매도 좋았지만 미인이라고 할 수는 없었다. 옷차림은 초라할 정도로 소박했다. 갑자기 뭔가 추악한 것이 나를 콱 깨물었다. 나는 곧장 그녀에게로 다가갔다….

무심코 거울 속에 비친 내 모습을 보았다. 흥분에 사로잡힌 내 얼굴은 내가 봐도 극도로 역겨웠다. 부스스한 머리털에 창백하고 사악하고 비열한 얼굴이었다. '그럼 또 어때, 오히려 기쁜 일인걸.' 나는 생각했다. '저 여자가 역겨운 놈이라고 생각하면 그거야말로 바로 내가 바라는 바다. 기분 되게 좋은걸….'

6

…어딘가 칸막이 저쪽 편에서 마치 누군가에게 목이 힘껏 눌려 졸리고 있는 듯한 소리로 시계가 찍찍 소리를 냈다. 부자연스러울 정도로 오랫동안 찍찍거리는 목쉰 소리를 낸 다음에 갑자기 누군가 눈앞에 확 튀어나오기라도 한 듯이, 가늘고 혐오스런 시계 소리가 갑자기 뜬금없이 땡 땡 하고 들렸다. 2시를 알렸다. 잠을 잔 것도 아니고, 그냥 반쯤 멍한 상태로 누워 있었을 뿐이지만 나는 퍼뜩 정

신을 차렸다.

(…)

머릿속이 가스에 중독된 듯 몽롱했다. 뭔가가 내 위를 빙빙 돌며 나를 자극하고 흥분시키고 불안하게 만들었다. 또다시 기분이 우울해지고 울화가 치밀어 올라 어딘가 분풀이할 곳이 필요했다. 문득 내 바로 옆에서 호기심에 가득 차 나를 뚫어져라 살펴보는 커다랗게 뜬 두 눈을 발견했다. 그 시선은 냉랭하고 무심하고 음울하고 또 완전히 아무런 관계도 없는 듯이 낯선 것이어서, 보고 있으려니 마음이 갑갑해졌다.

음울한 생각이 나의 뇌 속에서 자라나, 마치 눅눅하고 곰팡내 나는 지하실에 들어갔을 때처럼 뭔가 꺼림칙한 감각이 온몸을 훑고 지나갔다. 이 두 눈이 하필이면 지금 나를 살펴보기 시작했다는 걸 생각하면 어쩐지 부자연스러웠다. 그리고 또 거의 두 시간 내내 이 존재와 나는 단 한 마디의 말도 주고받지 않았을 뿐더러, 아예 그럴 필요조차도 느끼지 않았다는 생각이 머리에 떠올랐다. 아까는 이런 것들이 심지어 마음에 들기까지 했던 것이다. 그런데 지금은 갑자기 여자를 돈으로 산다는 것의 불합리함, 거미처럼 역겨운 그 방탕의 정체가 한꺼번에 눈앞에 생생히 드러났다. 방탕이란 진정한 사랑의 결실이어야 할 행위에 사랑도 없이 거칠고 파렴치하게 다짜고짜 몸을 내맡기는 것이다. 우리는 그렇게 한참 동안 서로를 바라보고 있었는데, 그녀는 나와 눈이 마주쳐도 눈을 내리깔지도 않았고, 눈초리를 바꾸지도 않았으며, 이 때문에 나는 기분이 더러워졌다.

"이름이 뭐야?" 나는 빨리 끝장을 내려고 탁탁 끊기는 취재조로 퉁명스레 물었다.

"리자예요." 그녀는 거의 속삭이듯 나지막한 소리로 대답했지만, 어딘가 전혀 달갑지 않다는 투였고, 이내 눈길을 돌렸다.

(…)

"여기 온 지는 오래됐나?"

"어디요?"

"이 집 말이야."

"2주요." 그녀의 말투는 점점 더 짤막하고 퉁명스러워졌다.

(…)

"나이는?"

"스무 살요."

(…)

아침에 이런저런 걱정에 사로잡혀 출근을 하다가 길에

서 우연히 본 광경 하나가 뜬금없이 내 머릿속에 떠올랐다.

"오늘 사람들이 관을 내가다가 하마터면 땅에 떨어뜨릴 뻔했지 뭐야." 이야기를 시작할 생각도 전혀 없었는데, 나는 저도 모르게 불쑥 소리 내어 이렇게 말을 꺼냈다.

"관이요?"

"그래, 센나야 광장의 지하실에서 관을 내가고 있는 중이었어."

"지하실이라고요?"

"완전히 지하실은 아니고, 지하에 있는 방 같은 거 말이야…. 뭐 그러니까… 저기 아래에 있는… 그러니까 좀 추잡한 그런 곳 말이야…. 주위는 온통 진흙탕이고… 계란 껍데기며 쓰레기며… 더러운 냄새가 코를 찌르고… 속이 뒤집힐 것 같았어."

(…)

"정말로 아무렇지도 않아, 죽는다는 게?"

"아니, 내가 죽긴 왜 죽어요?" 마치 자신을 방어하려는 듯 몸을 사리며 그녀가 대답했다.

"언젠가는 죽을 거야. 그것도 방금 전에 내가 말한 그 여자처럼 딱 그렇게 죽을 거야. 그 여자도… 역시 그렇고 그런 여자였어…. 결핵으로 죽었지."

"매춘부라면 병원에서 죽을 텐데요…"('이 여자도 이것에 대해 이미 알고 있구나. 그러니까 아가씨라는 말 대신 매춘부라는 말을 쓰는 걸 보니 말이야'라는 생각이 들었다)라고 그녀가 말했다.

"그 여잔 포주한테 빚이 있었대." 이런 암묵적인 기 싸움에 점점 더 자극을 받아 내가 이렇게 대답했다. "그래서 결핵을 앓으면서도 거의 죽기 일보 직전까지도 포주를 위해 손님을 받았다더군. 그 주변에서 마부와 군인들이 이런 얘기를 하고 있더라고. 아마 이전에 그 여자 손님들이었나 봐. 낄낄거리고 웃으면서 그 여자를 위해 명복을 빈다나 어쩐다나 그런 얘기를 하고 있었어(이건 물론 다 내가 지어낸 얘기다)."

(…)

"어쨌거나 1년만 지나면, 네 시세는 지금보다 떨어져." 나는 악의에 찬 쾌감을 느끼며 말을 이어 갔나. "그땐 여기도 못 있고 좀 더 격이 낮은 다른 집으로 옮겨 가겠지. 그리고 또 1년이 지나면 더 못한 집으로 갈 테고, 그런 식으로 자꾸 밑바닥으로 가다가 한 7년만 지나면 센나야 광장 지하실에 떨어질 거야. 이 정도만 돼도 아직은 양반이지. 그 와중에 무슨 병이라도 걸린다면, 그러니까 뭐 폐가 좀 약해진다거나… 감기라든가 아니면 뭐 여하튼 그 외에도 여러 다른 병에 걸리기라도 하면 그야말로 큰일 나지. 이런 생활을 하면 병도 좀체 낫지 않거든. 한번 걸렸다 하면 절대로 안 떨어져. 그러다 결국 죽는 거지 뭐."

"그럼 죽으면 되죠, 뭐." 그녀는 몸을 부르르 떨며 정말 표독스레 대답했다.

"하지만 불쌍하잖아."

"누가요?"

"인생이 불쌍하지."

침묵.

"혹시 약혼자가 있었나? 응?"

"그런 건 왜 묻는 거죠?"

"아니, 널 심문하는 건 아니야. 내가 뭐 하러. 그런데 왜 화를 내는 거지? 물론 너한텐 네 나름대로 괴로운 일이 있었을 수도 있겠지. 그런 건 나하고 아무 상관도 없지만 그냥 불쌍해서 그러는 거야."

"누가요?"

"네가 불쌍하다고."

"그러실 필요 없어요." 그녀는 들릴까 말까 한 목소리로 이렇게 속삭이더니 다시 몸을 부르르 떨었다.

이 때문에 나는 당장에 울화가 치밀었다. 뭐야 이거! 내가 이렇게까지 상냥하게 대해 줬는데, 이 여자는….

(…)

"음… 게다가 나도… 어쩌면 너 못지않게 불행한 인간인지도 모르지. 왠지는 너도 알겠지만, 슬픔 때문에 일부러 이런 시궁창에 기어들곤 하거든. 실상 사람들이 술을 마시는 것도 다 괴로움 때문이지. 뭐, 내가 여기 이렇게 있는 것도 다 괴로워서야. 대체 이런 곳에 뭐 좋은 게 있는지 어디 한번 말해 봐. 그래, 너와 나… 아까… 그런 식으로 관계를 맺었지만 그동안 내내 서로 말 한마디 하지 않았잖아. 그리고는 너는 나를 짐승 보듯이 뜯어보기 시작했고, 나도 역시 널 그런 식으로 살폈고 말이야. 아니, 사람이 이런 식으로 사랑을 하는 법이 어딨어? 사람과 사람이 이런 식으로 관계를 맺어서야 어디 말이나 돼? 이건 한마디로 추악함 그 자체야!"

"그래요!" 그녀가 격하고 빠른 어조로 맞장구를 쳤다. 이 "그래요!" 하는 말이 기대치 않게 너무 빨리 나왔기 때문에 나는 깜짝 놀라기까지 했다. 그러고 보면, 조금 전에 나를 찬찬히 뜯어보고 있는 동안, 그녀도 머릿속으론 똑같은 생각을 했던 것일까? 그렇다면 그녀도 뭔가 생각을 할 수 있는 능력이 있단 소린데? '젠장, 이거 더럽게 재밌는 일인걸. 그럼 저 계집애와 내가 **같은 부류라는 소린가.** 좋아, 내가 요런 애송이 계집애 영혼 하나쯤 마음대로 못 주무를까 봐?' 이런 생각을 하며, 나는 너무 흥분해서 두 손을 막 비벼 대기까지 했다.

나는 이 게임에 푹 빠졌다.

그녀는 내 쪽으로 가까이 고개를 돌렸고, 어두워서 잘 보이진 않지만, 한 손으로 턱을 괴고 있는 것 같았다. 아마도 나를 살펴보고 있는 것이리라. 이 순간 나는 그녀의 눈을 볼 수 없는 것이 너무도 유감스러웠다. 그녀의 깊은 숨결이 들려왔다.

"어쩌려고 이런 데를 다 온 거야?" 나는 다소 위엄을 갖춘 어조로 물었다.

"그냥…."

"그래도 부모 집에 사는 편이 나을 텐데! 따뜻하고 속 편하고, 뭐니 뭐니 해도 자기 집이니까."

"만약 그편이 더 나쁘다면요?"

'박자를 잘 맞춰 줘야겠는걸!' 이런 생각이 퍼뜩 머리에 떠올랐다. '감상적인 걸 가지고는 별 소득이 없겠어.'

(…)

"만약 내가 아버지고 말이야, 나한테 딸이 있다면 아들보다는 딸을 훨씬 더 사랑할 거야. 정말로." 나는 그녀의 기분을 좀 바꿔 보려고, 하던 얘기에서 벗어나 전혀 다른 얘기를 불쑥 꺼냈다. 솔직히 말해, 내 얼굴은 새빨개졌다.

(…)

"하지만 부모 중에는 딸을 시집보내는 건 고사하고 기꺼이 팔아먹는 사람도 있어요." 그녀가 갑자기 말했다.

'아하! 바로 이거였구나!'

"그건 말이야, 리자, 하느님도, 사랑도 없는 저주 받은 가정에서나 있는 일이야." 완전히 신이 나서 내가 대꾸했다. "사랑이 없으면 분별력도 없어지게 마련이거든. 사실 그런 집도 있긴 있겠지만 내가 말하는 건 그런 집을 얘기하는 게 아냐. 그런 소릴 하는 걸 보니 넌 집에 있을 때 별로 좋은 꼴을 못 본 모양이군. 넌 정말이지 불행한 여자구나. 음… 대개는 가난해서 그런 거긴 하지만…."

"돈이 있다고 다 좋은 줄 아세요? 가난해도 착실한 사람들은 잘 살아요."

"음… 그래, 그럴지도 모르지. 하지만 리자, 다시 말하지만 인간이란 자기 불행만을 생각하지, 자기 행복은 따지려고들 안 하거든. 잘 따져 보면 누구에게나 자기 몫의 행복이 주어져 있다는 걸 금세 알게 될 텐데 말야. 그래, 하느님의 축복을 받고, 집안이 다 원만하게 돌아가고, 남편은 훌륭하고, 또 너를 사랑해서 예뻐해 주고, 네 곁을 잠시도 떠나려 하지 않는다면 어떨까! 그런 집에서라면 얼마나 행복하겠어! 때때로 슬픈 일이 생긴대도, 그래도 좋지.

아니, 어딘들 괴로운 일이 없겠어? 시집을 가 보면 **네가 직접 알게 되겠지**. 대신 네가 사랑하는 사람한테 시집을 가서 신혼을 만끽할 때를 예로 드는 거야. 행복이, 행복의 물결이 그야말로 수시로 몰려오지! 그것도 잠시도 끊이지 않고 말이야. 신혼 때는 부부 싸움도 참 좋게 끝이 나."

(…)

"아이들도 생길 텐데, 그때는 가장 힘든 시간도 다 행복으로 여겨질 거야. 그때는 서로에 대한 사랑과 꿋꿋이 버텨 낼 용기만 있으면 되는 거야. 그때는 중노동을 해도 즐겁고, 아이들을 위해 더러 배를 곯아도 그게 또 나름대로 즐거운 거야. 어쨌거나 그 대가로 나중에 아이들이 너를 사랑해 줄 테니까 말이야. 결국 너 자신을 위해 저축을 하는 셈이지. 아이들이 자라는 동안, 너는 너 자신이 아이들에게 모범이요, 또 든든한 기둥이라고 느낄 거야. 네가 죽어도 아이들은 네게서 너의 생김새와 그 밖의 많은 것들을 물려받을 것이기 때문에 너의 감정과 생각을 평생 동안 몸에 지니게 될 거야. 그러니까 이건 위대한 의무야. 그러니 애 아빠와 애 엄마는 한층 더 단단히 결합되지 않겠어? 애들이 있으면 힘들다고들 하지? 대체 누가 그런 소릴 하는 거야? 애들은 하늘이 내리신 행복이야! 어린아이들을 좋아해, 리자? 나는 아주 끔찍이도 좋아해. 장밋빛 살결을 한 건강한 사내아이가 네 젖을 빨고 있다면 말이야, 아내가 자기 애와 함께 있는 모습을 본다면 어떤 남편인들 아내한테 마음이 끌리지 않겠어! 통통하게 살이 오른 장밋빛 살결의 건강한 아이가 기지개를 쭉 켜고 응석을 부린다고 한번 상상해 봐. 포동포동한 쪼그만 손발이며, 너무 작아서 보기만 해도 절로 웃음이 나는 작디작고 깨끗한 손톱과 발톱, 모든 걸 다 이해하는 것 같은 작은 눈을 한번 상상해 봐. 젖을 빨 땐 귀여운 고사리 손으로 네 젖을 만지작거리며 장난을 치지."

(…)

'이런 장면들, 바로 이런 아름답고 생생한 장면들로 너를 사로잡을 거야!' 진심을 담아 얘기를 하고 있었는데, 맙소사, 속으론 이런 생각이 들었고, 때문에 나는 갑자기 얼굴이 빨개졌다. '한데 만약 이 여자가 갑자기 깔깔거리며 웃음을 터뜨린다면, 그땐 쥐구멍에라도 기어 들어가야 하지 않을까?' 이런 생각이 들자 나는 광분했다. 얘기를 끝낼 무렵에는 진정으로 열을 올렸고, 그래서 이젠 어쩐지 자존심이 좀 상한 감마저 들었다. 오랜 침묵이 이어졌다. 그래서 심지어 나는 그녀를 쿡쿡 찔러 보고 싶은 마음마저 들었다.

"왠지 당신은…." 그녀가 불쑥 이렇게 말을 꺼냈지만

이내 입을 다물었다.

하지만 나는 이미 모든 것을 알고 있었다. 그녀의 목소리에는 이미 뭔가 다른 떨림이 배어 나왔으며, 그것은 조금 전까지의 날카롭고 거칠고 반항적인 것이 아니라 뭔가 부드럽고 수줍어하는 것이었다. 그녀의 어조가 너무도 수줍은 것이어서 나 자신도 모르는 사이에 그녀 앞에서 왠지 뭔가 나쁜 짓을 하고 있다는 수치심과 죄책감이 들었다.

"뭔데? 내가 뭐 어떻다고?"

"왠지 당신은… 마치 책을 따라 읽는 것 같아요." 그녀는 이렇게 말했고, 그녀의 목소리엔 또다시 어쩐지 냉소적인 어조가 섞여 있었다.

이 말에 나는 아픈 곳을 정통으로 찔린 듯한 느낌이었다. 나는 이런 말이 돌아오리라곤 전혀 예상하지 못했던 것이다.

나는 그녀가 일부러 냉소의 가면 뒤에 몸을 숨겼음을, 그리고 수줍음 많고 순진한 사람들이 누군가 거칠고 집요하게 자기 영혼을 파고들려고 할 때, 그래도 자존심 때문에 최후의 순간까지 굴복하지 않고, 자기 본심을 남 앞에 드러내지 않으려고 할 때, 보통 이런 방법을 쓴다는 사실을 제대로 이해하지 못하고 있었다. 그녀가 이런 냉소적인 말을 입에 올릴 때, 몇 번이나 주저하고, 한참 뒤에야

겨우 말했던 그 소심한 태도 하나만 보더라도, 나는 응당 눈치를 챘어야 했다. 하지만 그 당시 나는 눈치를 채기는 커녕, 오히려 사악한 감정에 휩싸이고 말았다.

'그래, 어디 두고 보자.' 나는 이렇게 이를 갈았다.

7

"에이, 됐어, 리자. 책은 무슨 책. 아무리 남의 일이라지만 나한테도 역겨운걸. 아니, 하긴 남의 일만도 아니지 뭐. 이 모든 게 지금 내 머릿속에서 떠오른 거니까…. 정말, 정말로 너는 이런 데 있는 게 역겹지 않아? 아니, 습관의 힘이란 참으로 무서운 모양이군! 일단 습관이 되면 사람이 어떻게 될지 누가 알겠나. 그래, 정말로 너는 나는 절대로 나이를 먹지 않는다, 언제까지고 이렇게 아름다울 거다, 영원히 이 집에 머물 수 있다, 설마 정말로 이렇게 믿고 있는 건 아니겠지? 뭐, 여기 이 집이라고 추악하지 않은 곳은 아니지만, 그 말은 접어놓기로 하고…. 아니, 그래도 지금의 네 생활에 대해 한마디는 하고 넘어가야겠어. 지금이야 너도 젊고 귀엽고 아름답고 영혼도 있고 감정도 있지. 그런데도 뭐랄까. 난 말이야, 조금 전에 정신이 들었을 때,

너와 이런 데 있다는 게 너무 역겹게 느껴졌어! 사실 술김이 아니었다면 이런 데 굴러 들어올 리가 없잖아. 만약 네가 여기가 아닌 다른 곳에서 다른 사람들과 똑같은 정상적인 생활을 하고 있다면, 나는 네 꽁무니를 쫓아다니는 정도가 아니라 한마디로 너한테 완전히 반해서, 네가 말 한마디 건네주지 않을망정 그냥 한번 쳐다봐 주기만 해도 아마 좋아 죽을 지경이었을 거야. 문 앞에 몰래 숨어 너를 기다리든가, 어쩜 네 앞에 무릎을 꿇었을지도 모를 일이야. 그리고 너를 내 신붓감인 양 바라보고, 그것만으로도 대단한 영광이라고 여겼을 거야. 너를 놓고 뭔가 불순한 생각을 품는 건 감히 엄두도 못 냈을 거야. 그런데 여기선 어때? 나도 잘 알고 있긴 하지만, 여기선 내가 휘파람만 불어도 너는 싫든 좋든 나를 따라와야 되고, 나는 네 의사를 물을 필요도 없지만, 너는 내 뜻대로 하지 않으면 안 되지. 막일꾼으로 사는 무지렁이 농부도 자신을 그렇게 몽땅 내다 팔지는 않으며, 또 자기에게 정해진 일정한 기한이 있다는 것도 알지. 그런데 너한테는 무슨 기한이 있나? 생각해 봐, 여기서 넌 대체 뭘 내주고 있는 거야? 뭘 저당 잡히고 있는 거지? 영혼을, 네가 어찌해 볼 수도 없는 영혼을 네 몸뚱이와 함께 통째로 저당 잡힌 거라고! 자신의 사랑을 온갖 주정뱅이들의 추잡한 노리개로 내주고 있는 거라고! 사랑을 말이야! 사랑이야말로 모든 게 아니겠어? 사랑이야말로 처녀의 보물이고 금강석이지! 정말이지 어떤 사람들은 이 사랑을 얻기 위해 영혼도 내놓고, 죽음이라도 불사할 준비가 되어 있거든. 하지만 네 사랑은 지금 얼마에 팔리고 있지? 너란 여자는 몇 푼 안 되는 돈에 전부, 그것도 통째로 살 수 있는데 뭣 때문에 구태여 사랑을 얻으려고 애쓰겠어. 사랑이 없어도 뭐든 할 수 있는 데 말이야. 사실 처녀한테 이보다 더 심한 모욕이 어디 있겠어. 내 말 알아듣겠어? 그런데 내가 듣기로 이런 데서도 애인을 가질 수 있게 해 준다며, 너희 같은 바보들은 그걸로 위안을 삼고 말이야. 사실 그건 사탕발림에 기만일 뿐, 그저 너희를 갖고 노는 것뿐인데 너희는 진짜로 믿는다는 거지. 그래, 그 애인이란 작자가 널 정말로 사랑한다는 거야, 뭐야? 그럴 리가 없지. 지금 당장이라도 다른 손님한테 불려 갈 걸 알 텐데, 그런 여자를 어떻게 사랑할 수 있겠어? 만일 그런 놈이 있다면, 그건 정말 더러운 놈이지! 그런 놈이 널 눈곱만큼이라도 존경할 것 같아? 너랑 그놈 사이에 통하는 게 하나라도 있을 것 같아? 그런 놈은 그냥 너를 갖고 놀고, 기회만 되면 네게서 뭐라도 후려 갈 뿐, 이게 그런 놈들의 사랑의 전부라고! 널 두들겨 패지 않는 것만으로도 다행이지. 아니, 어쩜 팰지도 몰라."

(…)

"그런데도 너는 모든 걸, 그러니까 건강, 젊음, 아름다움과 희망을 아무런 기약도 없이 몽땅 여기다 바칠 테고, 그러고 나면, 스물두 살만 돼도 한 서른다섯은 된 것처럼 폭삭 늙어 보일 거야. 병이 들지 않는 것만 해도 하느님께 감사해야 할 일이지. 너 설마, 지금 일도 안 하고 이렇게 놀고먹고 있으니 장땡이라고 생각하고 있는 건 아니겠지! 하지만 이 이상 괴롭고 징역 같은 일은 이 세상엔 다시없을 거고, 또 이제까지도 한 번도 없었어. 너무 많이 울어서 가슴은 바싹 타 버릴 거야. 여기서 쫓겨날 때는 또 어떻고. 아마 죄인처럼 한마디는커녕 찍소리도 못하고 떠날 테지. 그렇게 다른 곳으로 옮겨 가고, 거기서 또 다른 집으로 전전하다가 결국은 센나야 광장으로 가게 되는 거지. 거기서는 틈만 나면 널 두들겨 팰 거야. 그게 그 동네의 인사법이거든. 손님들도 먼저 두들겨 패지 않고서는 여자를 안지 않아. 거기가 얼마나 지독하고 역겨운 곳인지 아마 넌 믿기지 않겠지? 그럼 언제든 한번 가서 네 눈으로 직접 보고 와."

(…)

"아니야, 리자. 내가 아까 말한 그 여자처럼, 지하실 어디 한쪽 구석에서 폐병이라도 걸려 어서 빨리 죽어 버린다면, 너한텐 오히려 다행스런 일일 거야. 그럼, 다행스럽고 말고! 네가 말한 대로 병원에 가면 된다고? 데려다만 줘도 천만다행이지만, 만약 포주한테 네가 여전히 필요하다면 그땐 어쩔 테야? 폐결핵은 원래 그런 병이야. 열병과는 다르지. 폐병 환자는 최후의 순간까지도 희망을 간직한 채, 자기는 건강하다고 말하지. 그렇게 스스로를 위로하는 거지. 그러는 게 포주한테는 이익이거든. 너무 걱정할 것 없어, 다 그런 거니까 하고 말하지. 하지만 영혼까지 팔아 버렸고, 게다가 빚까지 졌으니 찍소리도 못한다 이 말씀이야. 하지만 정작 죽을 때가 되면 모두 너를 헌신짝 버리듯 내팽개치고 네게서 등을 돌릴 거야. 왜냐하면 그때 너한테서 뭘 더 얻어 낼 게 있겠어? 어디 그뿐이겠어? 빨리 죽지도 않고, 괜히 자리만 차지하고 있다고 마구 구박하겠지. 목이 말라 물이라도 좀 갖다 달라고 하면 '이 망할 년아, 대체 언제 뒈질 거야? 남들 잠도 못 자게 끙끙 앓는 소리나 내고, 손님들도 꺼림칙해하잖아!'라고 욕설을 퍼부으며 마지못해 갖다 주겠지."

(…)

"이렇게 해서 모든 것은 끝나고 너를 기억하는 사람은 지상에 한 사람도 남지 않게 되지. 다른 사람들 같으면 아이들이나 아버지나 남편이 무덤을 찾아 주겠지만, 너한테는 눈물을 흘려 주는 이도, 한숨을 쉬어 주는 이도, 명복을 빌어 주는 이도 없고, 온 세상을 통틀어 너를 찾아와 줄 사람은 정말이지 단 한 사람도 없는 거지. 마치 너란 사람이 이 세상에 결코 존재하지도 않았던 것처럼, 숫제 태어나지도 않았던 것처럼 너에 대한 기억은 깡그리 사라질 거라고!"

(…)

나는 내가 한 말에 스스로도 감동해서 금방이라도 목이 콱 막힐 것 같았다. 그래서… 나는 갑자기 말을 멈춘 뒤 너무 놀라 몸을 일으키곤, 조심스레 고개를 기울여 쿵쾅거리는 심장을 달래며 귀를 기울였다. 이렇게 당황한 데는 그만한 이유가 있었다.

이미 오래전에 나는 내가 그녀의 영혼을 발칵 뒤집어 놓았고, 그녀의 심장을 산산조각 내었다는 예감이 들었다. 그리고 그것을 확신하면 할수록, 한층 더 빨리, 한층 더 강하게 그 목적을 이루고 싶어 안달이 났다. 이건 게임이야, 이 게임에 난 흠뻑 빠진 거야. 하지만 백 퍼센트 게임이라고만 할 수 있나….

내 말투가 딱딱하고 인위적이고 심지어 책을 읽는 것 같다는 건 나도 알고 있는데, 하지만 한마디로 '책을 읽는 것처럼'이 아니고서는 다른 방도로 말을 할 재간이 내겐 없다. 그러나 이게 별로 마음에 걸리지는 않았다. 나는 그것으로 충분히 상대를 납득시킬 자신이 있었고, 이 책을 읽는 것 같은 말투가 오히려 효과적인 결과를 낼 거라는 것을 알고 있었고, 또 그렇게 예감하고 있었다. 하지만 막상 그 효과가 나타난 지금 나는 갑자기 더럭 겁이 났다. 아니, 결코, 지금까지 결코 단 한 번도 이토록 깊은 절망을 본 적이 없었다! 그녀는 엎드린 채 베개에 얼굴을 푹 파묻고 두 손으로 베개를 꽉 움켜쥐고 있었다. 가슴이 터질 것 같은 모양이었다. 그녀의 젊은 몸뚱이가 경련이라도 난 듯 부들부들 떨리고 있었다. 가슴속에 쌓여 있던 흐느낌이 치밀어 올라, 통곡과 비명이 되어 갑자기 밖으로 터져 나왔다. 그러자 그녀는 더욱더 거세게 베개에 얼굴을 비벼 댔다. 그 집에 있는 누구에게도, 단 한 사람에게라도 자기의 고통과 눈물을 알리고 싶지 않았던 것이다. 그녀는 베개를 물고 있다가, 피가 나올 정도로 자기 손을 꽉 깨물었다(나는 나중에야 이것을 보았다). 그런가 하면 또 헝클어진 머리채를 손가락으로 꽉 쥐고 한참 동안 이를 악물고 숨을 죽이고 있었다. 나는 그녀를 진정시키려고 뭔가 말을 해 볼까도 했지만 내 힘으론 도저히 어쩔 수 없을 것 같다는 느낌이 들자, 갑자기 온몸에 오한, 아니 거의 공포에 가까운 것이 엄습해 오는 것을 느꼈다. 이렇게 겁이 덜컥

난 나는 잽싸게 꽁무니를 빼자는 생각에 손으로 더듬더듬 더듬어 돌아갈 채비를 했다. 그런데 너무 깜깜해서 아무리 용을 써도 그렇게 빨리 채비를 끝낼 수가 없었다. 갑자기 내 손에 문득 성냥갑과 새 초가 꽂힌 촛대가 만져졌다. 촛불이 방 안을 비추기가 무섭게 리자는 갑자기 벌떡 일어나 앉아서는 이상하게 일그러진 얼굴에 반 미친 듯한 미소를 띠고 그 자리에 앉아 멍하니 나를 바라보았다. 나는 그녀의 곁에 앉아 그녀의 두 손을 꼭 쥐었다. 그녀는 퍼뜩 정신을 차리고서, 내게 달려들어 나를 껴안고 싶은 기색이 역력했으나 차마 그럴 용기가 없는 듯 그저 내 앞에서 조용히 고개를 숙였다.

"리자, 나의 벗, 내가 괜한 말을 해 가지고…. 날 용서해 줘." 나는 이렇게 입을 열었지만, 그녀가 내 손을 죽어라고 꼭 쥐었기 때문에 내가 엉뚱한 소리를 하고 있음을 곧 깨닫고는 이내 입을 다물었다.

"자, 이거 내 주소야, 리자. 한번 찾아와."

"갈게요." 그녀는 나지막한 소리로 단호하게 말했지만, 여전히 고개를 아래로 숙이고 있었다.

"그럼 나 이만 가 볼게, 잘 있어…. 또 보자."

내가 일어나자 그녀도 따라 일어나 갑자기 얼굴이 빨개지며 몸을 부르르 떨더니, 의자 위에 놓여 있던 숄을 집어 턱이 다 파묻힐 정도로 어깨 위에 둘렀다. 그리고는 다시 한 번 어딘가 병적인 미소를 띠고 얼굴을 붉히며 이상한 눈초리로 나를 바라보았다. 나는 마음이 너무 아파서 한시바삐 자리를 떠 얼른 자취를 감추고 싶었다.

"잠시만요." 거의 현관문 근처까지 온 상태였지만, 그녀가 내 외투를 잡아당기며 갑자기 이렇게 말하고는 황급히 양초를 그 자리에 놓더니 휙 뛰어 들어갔다. 갑자기 무슨 생각이 떠올랐거나 아니면 나한테 보여 주고 싶은 게 있는 모양이었다. 달려갈 때 그녀의 얼굴은 온통 상기해 있었고 눈은 반짝반짝 빛났으며 입가에는 미소가 떠 있었다. 대체 뭘까? 나는 하는 수 없이 기다렸다. 한 1분쯤 지나서 되돌아왔는데, 뭣 때문인지 뭔가 용서를 구하는 듯한 표정이었다. 어쨌건 그것은 조금 전까지의 음울하고 의심 많고, 고집 센 그런 얼굴, 그런 눈초리가 전혀 아니었다. 대신, 지금 그녀의 눈은 용서를 구하는 듯한, 한없이 부드러운, 더불어 사람을 잘 믿는 상냥하고 조심스런 그런 눈이었다. 아이들이 자기를 몹시 사랑해 주는 사람을 볼 때의 눈, 그 사람에게 뭔가를 부탁할 게 있을 때 바라보는 그런 눈이었다. 그녀의 밝은 갈색 눈은 무척이나 아름다웠으며, 그 안에 사랑도 음울한 증오도 무엇이든 표현할 수 있는 생기 있는 눈이었다.

그녀는 한마디의 설명도 없이—마치 내가 지극히 높은 존재라, 아무런 설명이 없어도 모든 것을 알아야만 한다는 듯—종이쪽지 한 장을 내게 쑥 내밀었다. 그 순간 그녀의 얼굴은 진짜 어린아이 같은 순진한 승리감으로 환히 빛나고 있었다. 나는 종잇장을 펼쳐 보았다. 그건 의과대학생이나 아니면 그런 비슷한 부류의 남자가 그녀에게 보낸 편지로 굉장히 화려하고 현란하지만, 어쨌건 굉장히 정중한 사랑 고백이었다. 지금 그 표현은 잘 떠오르지 않지만, 고상한 문체 사이로 거짓되지 않은 진실한 감정이 배어 나왔던 것만은 아주 잘 기억난다. 편지를 다 읽고 나자, 나는 뭔가를 묻고 싶어 어린아이처럼 조바심을 내는 그녀의 열렬한 시선과 부딪혔다. 그녀는 내 얼굴을 뚫어지게 바라보며 내가 무슨 말을 할까 하고 초조하게 기다리고 있었다. 그녀는 몇 마디 안 되는 짧은 말로 기쁨에 들떠, 아니 뭔가 자랑스러운 듯이 내게 이런저런 설명을 했다. 어느 집에서 열린 무도회에 갔었는데, 그 사람들은 다 "아주, 아주 좋은 사람들로, **훌륭한 가정이 있는 사람들이고, 자기에 대해서는** 아직 아무것도, **정말로 아직 아무것도 모르고 있다**"고 했다. 왜냐하면 자기는 이런 데 발을 들여놓은 지 아직 얼마 안 됐고… 게다가 그냥 잠깐 왔을 뿐이지, 결코 오래 있을 생각은 없으며, 빚만 갚으면 당장 이곳을 떠날 생각이니까…. "그러니까 거기에 이 대학생이 와 있었는데, 저녁 내내 함께 춤을 추고 얘기를 나누었어요. 그러다 보니, 그는 리가에 있던 시절, 그러니까 어릴 때부터 알던 사이였고 함께 놀기도 했던 적이 있는 사이라는 걸 알았어요. 이건 물론 아주 오래전에 있었던 일이지만, 어쨌건 그 사람은 우리 부모님까지도 다 알고 있었어요. 하지만 **이것에 대해서만은** 아무것도, 정말이지 아무것도 모르고 있고, 그런 의심조차도 하지 않아요! 그러고서 무도회 바로 다음 날(그러니까 사흘 전인데), 무도회에 같이 갔던 친구를 통해 이 편지를 내게 보내왔어요…. 그리고… 그냥 그게 전부예요" 하고 그녀가 말했다.

이야기를 마치면서, 그녀는 뭔가 수줍은 듯 반짝거리는 두 눈을 내리깔았다. 가엾은 그녀는 이 대학생의 편지를 보물처럼 간직하고 있었으며, 자기 같은 여자도 이렇게 순수하고 진실한 사랑을 받고, 자기도 이런 정중한 말을 들은 적이 있다는 것을 내가 떠나기 전에 꼭 알려 주고 싶었기 때문에 이 유일한 보물을 가지러 달려갔던 것이다. 아마도 이 편지는 아무런 결실도 맺지 못한 채, 그렇게 문갑 속에 놓여 있을 운명일 것이다. 하지만 무슨 상관이랴. 그녀는 그것을 평생 자기의 보물로, 자기의 자랑으로, 자기변명의 보루로 소중하게 간직할 것이다. 지금도 이런 순간에 그녀 쪽에서 먼저 그 편지를 생각해 내어 순진하게 나에게 보이고 싶은 마음에, 나에게 자기의 참모습을 보이고 싶은 일념에, 내게 보여 칭찬을 받고 싶다는 오직 그 마음에 일부러 여기까지 가지고 온 것이다. 나는 아무 말도 하지 않고 그녀의 손을 꼭 잡아 준 뒤 밖으로 나왔다…. 여전히 축축한 젖은 눈이 펑펑 쏟아지고 있었지만 나는 집까지 내내 걸어서 갔다. 나는 한껏 지치고 녹초가 되었는데도 어떻게 해야 할지 몰라 망설이고 있었다. 하지만 그 망설임 너머 어딘가에서 이미 진실이 반짝이고 있었다. 그 추악한 진실이!

8

그럼에도 나는 그 진실을 선뜻 인정하려 하지 않았다. 몇 시간 아주 푹 잔 후에 아침에 일어나자마자 어제 일들을 회상해 보았는데, 어제 리자한테 그렇게 **감상적으로** 굴었던 것이며, "어제의 그 모든 공포와 연민"에 놀라움마저 느꼈다. '여자처럼 신경발작을 일으킨 거야. 쳇!' 나는 이렇게 결론을 내렸다. '게다가 대체 뭣 때문에 주소를 찔러 넣어 준 걸까? 만약 진짜 오면 어쩌지? 에이, 제길, 올 테면

오라지 뭐. 상관할 게 뭐야….'

(…)

리자가 올지도 모른다는 생각이 부단히도 나를 괴롭혔다. 이상한 것은 어제 일어난 그 많은 일들 중에서 유독 그녀에 대한 일만이 따로 떨어져 나를 괴롭혔던 것이다. 다른 건 전부 어제 저녁쯤엔 이미 깨끗이 잊어버릴 수 있어서, 그냥 한 손을 내젓는 걸로 끝났고, 시모노프에게 보낸 편지에도 꽤나 만족하고 있던 차였다. 하지만 이 문제에 관한 한 뭔가 불만스러웠다. 마치 리자 하나 때문에 괴로워하고 있는 꼴이었다. '만에 하나 그 여자가 정말로 오면 어쩌지?' 하는 생각이 머리를 떠나지 않았다. '뭐 어쩌긴 어째, 무슨 상관이야, 올 테면 오라지. 음, 하지만 그녀가 내 사는 꼬락서니를 보게 될 텐데, 이건 정말 추잡한 일이지. 어제 나는 그녀 앞에서, 뭐라고 할까… 영웅처럼 보였는데… 그런데 지금은, 음! 그러니까 바로 내가 요 모양 요 꼴로 몰락했다는 건 정말이지 추잡한 일이야. 집 안이 딱 거지꼴이야. 그리고 어젠 어떻게 저런 옷을 입고 저녁 모임에 갈 생각을 다 했을까? 속이 다 삐져나온 저 소파는 또 어쩌고! 몸뚱어리 하나 제대로 못 가리는 이놈의 실내복은 또 어쩌고! 온통 다 누더기 꼴이야…. 그녀가 이 모든 걸 다 보게 되겠지. 아폴론도 보게 될 거야.

(…)

그날 저녁, 집에 돌아왔을 때는 이미 9시가 훌쩍 넘었으므로, 상식적으로 리자가 올 수가 없는 시간인데도 그녀의 모습이 내 눈앞에 아른거렸다. 그런데 중요한 점은 그녀가 언제나 똑같은 모습으로 내 눈앞에 떠오른다는 사실이었다. 어젯밤 있었던 모든 일들 중에서 유독 선명하게 떠오르는 한순간이 있었다. 그것은, 내가 성냥을 그어 방을 밝혔을 때, 그녀의 일그러진 창백한 얼굴과 고통에 찬 시선을 발견한 바로 그 순간이었다. 그 순간 그녀의 미소는 얼마나 애처롭고 얼마나 부자연스러웠던가! 하지만 그때만 해도 난, 15년이 지난 후에도 그 순간 그녀가 보여 준 그렇게 애처롭게 일그러지고 어색한 미소를 띤 모습으로 그녀를 떠올리게 될 줄은 정말이지 몰랐다.

이튿날이 되자 나는 다시 이런 모든 것을 하잘것없는 것, 피로한 신경이 일으킨 쓸데없는 상념, 무엇보다도 지나친 **과장**의 산물에 불과하다고까지 생각할 마음의 여유가 생겼다. 나는 내게 이런 약점이 있음을 늘 의식해 왔고 때로는 그걸 몹시 두려워하기도 했다. '나는 모든 걸 지나치게 과장하는데 그게 내 약점이다.' 나는 시시각각으로 나 자신에게 이렇게 되뇌었다. 하지만 그래도, '그래도 어쨌거나 리자는 올 것이다', 그때 나의 생각들은 꼭 무슨 후

렴구라도 되는 양 전부 이리로 귀결되었다. 나는 너무 불안해져서 가끔씩은 미쳐 날뛰기도 했다. "올 거야! 꼭 올 거야!" 방을 이리저리 뛰어다니며 나는 미친 듯이 소리를 질러 댔다. "오늘이 아니면 내일이라도 올 거야. 무슨 수를 써서라도 찾아올 거야. 이게 바로 **순결한 마음**이 갖는 빌어먹을 낭만주의란 거다! 오, 이런 '역겨운 감상주의적인 영혼'의 혐오스러움이여, 어리석음이여, 편협함이여! 너무도 뻔한 얘기를 어떻게 이해하지 못할 수가 있느냐? 하는 바로 그 말이다." 하지만 여기서 나는 멈칫했고, 엄청난 당혹감에 휩싸여 버렸다.

'정말이지 말이란 조금만, 조금만 해도 대단한 거구나.' 나는 잠깐 이런 생각을 했다. '정말 하잘것없는 목가조로(그나마도 겉만 번지르르하고, 책 냄새가 물씬 나고, 인위적인데 말이다) 인간의 영혼을 별 힘도 들이지 않고 당장에 내 방식대로 바꿀 수 있다니. 이게 바로 처녀성이라는 거다! 이게 바로 때 묻지 않은 신선한 토양이라는 거다!'

어떨 때는 직접 그녀를 찾아가 '그녀에게 모든 걸 다 털어놓고' 나를 찾아오지 말라고 부탁해 볼까 하는 생각도 몇 번이나 들었다. 하지만 이런 생각이 들면 갑자기 속에서 불같이 증오심이 끓어올라서 만약 어쩌다 리자가 내 옆에 있었더라면, 이 '썩을 년'을 발로 밟아 반쯤 짓이겨 놓고, 욕을 하고, 침을 뱉고, 실컷 두들겨 팬 다음에 쫓아내 버렸을 것이다!

하지만 하루가 지나고, 이틀, 사흘이 지나도록 그녀는 오지 않았고, 나는 마음의 평정을 되찾기 시작했다. 특히 9시가 지나면 유난히 기운이 나고 신이 나서 때로는 꽤나 달콤한 몽상에 빠지기도 했다. '가령, 리자가 나를 찾아오고, 나는 그녀에게 이런저런 말을 하고, 바로 이렇게 해서 나는 그녀를 구원한다…. 나는 그녀를 발전시키고 교육한다. 마침내, 그녀가 나를 사랑하고 있음을, 그것도 아주 열렬히 사랑하고 있음을 알아챈다. 하지만 나는 일부러 모르는 척할 것이다(뭣 때문에 모르는 척하는지는 나도 잘 모르겠지만, 아마도 사랑에 더욱 색채를 가하기 위해서겠지). 그러면 결국 그녀는 온통 당혹감에 휩싸여 그 아름다운 몸을 떨며, 눈물을 흘리면서 내 발아래 몸을 던지고, 내가 자기의 구세주며 자기는 나를 이 세상의 그 무엇보다도 사랑한다고 말한다.'

(…)

'이제 너는 내 거야, 너는 나의 창조물이야, 너는 순결하고 아름다워. 너는 나의 아름다운 아내야.'

대범하고 자유롭게 내 집에 들어오라

어엿한 안주인이여![23]

그런 다음 우리는 알콩달콩 재미나게 살림을 꾸려 가고, 외국 여행도 가고, 등등, 등등….' 하여튼 내 눈에도 나 자신이 너무 비열하게 느껴져 결국 나 자신한테 혀를 날름 내밀어 주고 말았다.

'하긴, 그 '더러운 년'을 내보내 주기나 하겠어!' 나는 이렇게 생각했다. '그런 데 있는 여자들은 원래 외출도 마음대로 못할걸, 특히나 저녁에는 말이야(왠지 나는 그녀가 저녁에 그것도 반드시 정각 7시에 찾아올 것만 같았다). 하지만 자기 말론 아직은 그 집에 완전히 매인 몸은 아니며, 특별 대우를 받고 있다고 했지. 그렇다면, 음! 제기랄, 올 거야, 반드시 올 거야!'

마침 그때 아폴론이 예의 그 버르장머리 없는 태도로 내 주의를 흩어 놓은 것이 오히려 내게는 다행이었다. 이놈한테는 마지막 남은 내 인내심마저 바닥이 났다! 이놈은 나의 암이요, 신이 내게 보내 준 채찍이었다. 나는 이놈과 벌써 몇 년을 이렇게 으르렁거리며 살아온 터라, 이놈이 미워 죽을 것만 같았다. 오, 맙소사, 내 이놈을 얼마나

---

23) 2부 도입부에 인용된 네크라소프 시의 마지막 행.

미워했던가! 내 평생 누굴 이놈만큼 증오해 본 적은 없는 것 같은데, 어떤 경우에는 특히나 더 심했다.

(…)

이놈이 칸막이 너머 자기 방에서 성경의 시편을 읽기 시작할 때면 나는 분통이 터졌다. 이 시편 낭독 때문에 나는 이놈과 많은 전투를 벌였다. 그런데도 이놈은 매일 밤, 마치 고인의 명복을 빌 때처럼 낮고 고른 목소리로 노래하듯 낭송하는 걸 끔찍이도 좋아했다. 재미있는 것은 이놈이 결국 그걸 직업으로 삼았다는 사실이다. 그는 지금은 장례식에서 시편을 읽어 주는 일을 하고 있고, 또 쥐 잡는 일도 하고, 구두약도 만든다. 하지만 나는 이놈을 쫓아낼 수가 없었는데, 이놈은 마치 나라는 존재와 화학적으로 결합되어 있는 것만 같았다. 게다가 이놈 쪽에서도 얼마를 받든 내 집에서 나갈 생각을 안 했다. 그렇다고 내가 가구 딸린 셋방 같은 데서 살 수는 없는 노릇 아닌가 말이다. 이 집은 나의 은신처요, 나의 껍질이요, 내가 전 인류를 피해 몸을 숨길 수 있는 나의 상자였다. 왠지는 모르겠으나 아폴론은 이 집에 딸린 부속물 같았고, 그래서 나는 꼬박 7년 동안이나 이놈을 쫓아낼 수가 없었다.

(…)

"나가라니까, 당장 가라고!" 나는 아폴론 놈의 어깨를 움켜쥐고 째질 듯 소리를 질러 댔다. 당장에라도 이놈을 후려치지 않고서는 못 견딜 것 같았다.

하지만 나는 바로 이 순간 갑자기 현관문이 조용히, 천천히 열리고 누군가가 들어와서 그 자리에 선 채 의아한 듯 우리 두 사람을 보고 있다는 것을 알아차리지 못했다. 들어온 사람을 힐끗 보고는 나는 정말로 창피해 죽을 것만 같아서 내 방으로 얼른 뛰어갔다. 거기서 두 손으로 머리칼을 움켜쥔 채 벽에다 머리를 기대고, 그대로 얼어붙은 듯 꼼짝 않고 서 있었다.

한 2분쯤 뒤에 아폴론의 느릿한 발걸음 소리가 들려왔다.

"**어떤 여자분**이 나리를 뵙고 싶어 하시는데요." 그는 유달리 엄격한 눈으로 나를 쏘아보며 이렇게 말하고는 옆으로 비켜서며 리자를 안으로 들여보냈다. 그는 바로 나가려 하지 않고, 비아냥거리듯 우리를 보고 서 있었다.

"나가! 어서 나가란 말이야!" 나는 허둥거리며 이렇게 명령했다. 바로 그 순간 내 방의 시계가 쥐어짜는 듯한 소리로 끽끽거리며 7시를 쳤다.

9

> 대범하고 자유롭게 내 집에 들어오라
> 어엿한 안주인이여!
> —앞서 인용한 시에서

나는 꼭 죽도록 얻어맞은 꼴을 하고 톡톡히 창피를 당한 채로, 보기에도 딱할 만큼 허둥거리며 솜이 여기저기 삐져나온 넝마 같은 누비 실내복의 앞섶을 여미려고 안간힘을 쓰면서 얼굴엔 바보 같은 미소를 지었던 것 같다. 그러니까 이건 얼마 전 의기소침한 상태에서 내가 상상했던 것과 똑같은 모습이었다. 아폴론은 한 2분 정도 우리를 지켜보다가 나갔지만, 그래도 내 마음은 조금도 더 편해지지 않았다. 설상가상으로 그녀도 역시 갑자기 나 못지않게 당황하며 허둥거렸는데, 나조차도 그녀가 그렇게까지 당황하리라고는 예상치 못했다. 물론 나를 바라보면서 말이다.

"앉지." 기계적으로 이렇게 말한 뒤 탁자 옆에 있는 의자를 그녀에게 권하고, 나는 소파에 앉았다. 그녀는 내 말을 따라 당장에, 또 순순히 의자에 앉았는데, 눈을 동그랗게 뜨고 나를 바라보는 품이 지금 내게 뭔가를 기대하고 있는 것이 분명했다. 이런 순진한 기대가 또 내 분통을 터뜨렸지만 나는 꾹 참았다.

이런 때야말로 평소와 다름없이, 아무렇지도 않은 듯, 태연한 척해 주면 좋으련만, 그녀는…. 그리고 **이 모든 것에 대한 대가**를 그녀가 톡톡히 치르게 될 것이라는 막연한 느낌이 내게 들었다.

"상황이 좀 얄궂을 때 왔군, 리자." 이런 식으로 말을 시작해서는 안 된다는 것을 분명히 알면서도 나는 더듬거리며 이렇게 입을 열었다.

"아니, 아니, 그렇다고 무슨 딴생각은 하지 마!" 갑자기 그녀의 얼굴이 붉어지는 걸 보고는 나는 이렇게 소리쳤다. "나는 내가 가난하다는 사실을 창피하게 여기지 않아…. 오히려, 그 반대야. 나는 내 가난을 아주 자랑스레 바라보지. 나는 가난하지만 고결하거든…. 가난해도 얼마든지 고결할 수 있거든." 나는 그렇게 중얼거렸다.

(…)

"내 아폴론 저놈을 죽여 버릴 거야, 죽여 버리고 말 테야!" 나는 주먹으로 탁자를 쾅쾅 내리치면서 완전히 미친 듯이 흥분한 상태였고, 동시에 이렇게 미친 듯 흥분하는 것이 얼마나 머저리 같은 일인지도 아주 잘 알고 있었다.

"너는 모를 거야, 리자, 저 망나니 같은 놈이 내게 어떤 존재인지를 말이야. 저놈은 언제라도 내 목을 칠 준비가 되어 있는 망나니라고…. 지금은 건빵을 사러 갔지만, 실은 저놈은 말이야….”

갑자기 눈물이 걷잡을 수 없이 폭포처럼 쏟아져 나왔다. 이것은 발작이었다. 흐느껴 우는 와중에도 너무 창피했지만, 이미 눈물을 억제할 수가 없었다.

그녀는 기겁을 하고 말았다.

(…)

“차나 마셔!” 나는 갑자기 성질을 내며 말했다. 나는 나 자신에게 화가 난 것이었으나, 물론 그걸 감당하는 건 그녀의 몫이 될 수밖에 없었다. 갑자기 그녀에 대한 무서운 증오가 내 마음속에 끓어올라, 이대로라면 그녀를 죽여 버릴 수도 있을 것 같았다. 그녀에게 복수를 하기 위해 나는 이제부터 쭉 단 한마디도 하지 않겠다고 속으로 다짐했다. ‘모든 게 이 여자 탓이야.’ 나는 이렇게 생각했다.

우리의 침묵이 이미 5분이나 지속되고 있었다.

(…)

“저 거기서… 아주… 나오고 싶어요.” 어떻게 해서든 이 침묵을 깨 보려고 그녀가 입을 열긴 했지만, 오! 가엾은 것! 다름 아닌 이런 얘기를, 그것도 이런 바보 같은 순간에, 그것도 나처럼 바보 같은 인간에게 꺼내서는 안 되었던 것이다. 그녀의 이런 눈치 없음과 아무짝에도 쓸모없는 솔직함이 너무 딱해서, 내 가슴이 아파 올 정도였다. 하지만 그 즉시 뭔지 모를 추악한 것이 내 가슴속에 일어난 동정심을 단숨에 뭉개 버렸을 뿐만 아니라, 오히려 나를 더욱더 부추겨서 세상만사 전부 될 대로 되라지! 하는 마음까지 들게 했다. 그러고서 또다시 5분이 더 흘렀다.

"제가 방해가 된 건 아니죠?" 그녀는 들릴락 말락 하는 작은 소리로 겁을 집어먹은 듯이 입을 열며, 의자에서 몸을 일으켰다.

하지만 자존심에 상처를 입은 존재가 이렇게 처음으로 발끈하는 걸 보자, 나는 증오심에 몸을 부르르 떨다가 대번에 터져 버렸다.

"대체 뭣 때문에 온 거야? 좀 말해 봐!" 감정이 너무 격해져서 나는 숨까지 헐떡이며, 말의 논리적인 순서 따윈 생각지도 않고 이렇게 말을 토해 내기 시작했다. 나는 내 안에 있는 모든 말을 한꺼번에 그리고 단숨에 다 토해 내고 싶었다. 무슨 말부터 꺼내야 할지는 신경도 쓰지 않았다.

"왜 왔냐고? 대답해 봐, 대답해 보라고!" 나는 거의 제정신을 잃고, 이렇게 소리를 질러 댔다. "그럼, 내가 한번 얘기해 볼까, 이 아가씨야, 네가 지금 여기 왜 왔는지 말이야. 내가 그때 너한테 **동정 어린 말**을 해 주었기 때문에 그래서 넌 여기 온 거야. 그래, 그래서 감상적이 되어서는, 그 '동정 어린 말'을 또다시 듣고 싶어진 거지. 그렇다면 이제 똑똑히 알아 둬, 난 그때 널 갖고 놀았을 뿐이야. 지금도 널 갖고 놀고 있는 거야. 왜 벌벌 떨고 그래? 그래, 갖고 논 것이고말고! 나는 그 일이 있기 전에 저녁 모임에서 심한 모욕을 당했어. 그때 거기에 나보다 먼저 도착한 녀석들 있지? 그 녀석들한테 말이야. 내가 그 집에 간 건 그 녀석들 중 하나인 장교 놈을 두들겨 패 주기 위해서였지. 하지만 상대를 놓치는 바람에 뜻을 이루지 못했지. 그래서 그 모욕에 대한 분풀이를 누구에게든 하지 않으면 안 되었거든. 그때 마침 네가 나타난 거야. 그래서 나는 너한테 마음껏 증오를 퍼붓고 속으론 비웃으며 널 갖고 놀았던 거야. 내가 모욕을 받았으니까 이번엔 내가 다른 사람에게 모욕을 퍼붓고 싶었던 거지. 나를 갈기갈기 찢어 걸레로 만들어 놨으니, 이번에 내가 힘이 있다는 걸 과시하고 싶었던 거야…. 사실은 그랬던 건데, 너는 내가 너를 구원하기 위해 일부러 갔다고 생각한 모양이지, 안 그래? 그렇지? 그렇게 생각했지?"

(…)

"내가 너한테 내 주소를 알려 주었지. 그런 다음엔 집에

도착하기도 전에 벌써 그놈의 주소 건 때문에 너한테 별의별 욕을 다 퍼부었어. 그때 내가 너한테 거짓말을 했기 때문에 나는 이미 너를 무지무지 증오하고 있었어. 왜냐하면 그때 그저 말장난이나 좀 하고, 머릿속으로 공상에나 잠기고 했지만, 실제로 내가 원한 게 뭔지 알기나 해? 너희 같은 것들이 몽땅 다 어디론가 꺼져 버리는 거야, 바로 그거야! 내겐 안정이 필요해. 누구의 방해도 받지 않고, 조용히 안정을 취할 수만 있다면, 나는 지금 당장이라도 세계를 단돈 1코페이카에 팔아 치워 버릴 거야. 세계의 파멸이냐, 아니면 내가 차를 마시지 못하는 일이냐를 선택해야 한다면? 내가 늘 차를 마실 수만 있다면 세계가 파멸을 하든 말든 상관없다고 말할 거야. 내가 이런 인간인지 알았어, 몰랐어? 그래, 어쨌든 난 내가 추잡한 놈이고, 야비한 놈이고, 이기적인 놈이고, 게으른 놈이란 걸 잘 알고 있어. 요 사흘간 네가 올까 봐 벌벌 떨고 있었거든. 요 사흘간 나를 특히나 괴롭힌 것이 뭔지 알아? 그것은 바로 그때는 네 앞에서 영웅처럼 행세를 한 내가 이번엔 다 떨어진 실내복을 입은, 비렁뱅이같이 가난하고 추악한 꼴을 보이게 될지도 모른다는 것이었어. 조금 전에 나는 너한테 가난 따위는 창피하지 않다고 말했지만, 똑똑히 들어 둬, 창피해, 이 세상 그 무엇보다도 창피하고, 그 무엇보다도 두려워. 도

둑질을 했다고 해도 이보다 더 심할 수는 없을 거야. 왜냐하면 나는 허영심 덩어리인데, 너한테 내 가난한 꼴을 보이는 건 꼭 살 껍질을 도려낸 것 같아서, 공기만 닿아도 고통스러우니까 말이야. 그래, 너 정말 아직도 모르겠니? 내가 이런, 거지 같은 실내복을 걸치고 성난 개처럼 아폴론한테 달려들 때, 바로 그러한 몰골의 나를 네가 봤기 때문에 내가 너를 절대로 용서하지 못하리라는 걸 말이야. 전에 구세주였던, 전에 영웅이었던 자가 옴투성이의 더러운 개처럼 자기 하인한테 달려들었다가 하인 놈한테 오히려 비웃음이나 받는 인간이었다니 말이야! 또 방금 전에는 창피 당한 계집애처럼 네 앞에서 눈물까지 흘렸으니, 이 때문에라도 나는 너를 절대로 용서할 수가 없어! 그리고 그것도 모자라서 지금 너한테 이런 걸 다 주저리주저리 늘어놓고 있으니, 이 때문에라도 **너를** 절대로 용서하지 않겠어! 그래, 네가, 너 혼자서 이 모든 걸 다 책임져야 해. 왜냐하면 네가 하필 그때 나타났으니까. 나는 워낙에 파렴치한 놈이고, 또 세상에 있는 모든 벌레들 중에 가장 추악하고, 가장 우스꽝스럽고, 가장 변변찮고, 가장 어리석고, 가장 질투심이 강한 놈이기 때문이야. 다른 벌레들도 나보다 나은 건 하나도 없지만, 뭣 때문인지는 모르겠지만 결코 당황해서 허둥거리는 법이 없지. 그런데 나는 평생을 이런 이 같은 놈들한테 온갖 수모를 당하며 살아갈 거란 말이지. 이게 말하자면 바로 내 특성인 셈이지! 네가 이런 걸 하나도 이해하지 못한다고 해도 그게 나랑 무슨 상관이야! 대체 네가 나와 무슨 상관이냐고. 애초에 나는 너 같은 건 안중에도 없었어. 그러니 네가 그런 곳에서 죽건 말건, 그게 나랑 무슨 상관이냐고? 그래, 지금 내가 너한테 이런 얘기를 하고 있고, 또 네가 여기서 내 말을 들었다는 것, 바로 그 때문에 내가 너를 증오하게 되리라는 걸 이해할 수 있겠니? 정말이지 인간이 이렇게 자기 속내를 털어놓는 것은 평생에 한 번이나 있을까 말까 한 일이고, 그것도 히스테리 상태에서나 가능한 일이야! 대체 뭐야? 이런 꼴을 다 보고도 더 뭐가 필요해서 내 앞에서 얼쩡거리면서 날 괴롭히는 거야? 당장 안 나가!"

하지만 이때 갑자기 이상한 상황이 벌어졌다.

나는 모든 것을 책에서 본 대로 생각하고 상상하는 것에, 또 세상의 모든 것을 전부터 몽상 속에서 지어낸 대로 상상하는 것에 너무도 익숙해 있었기 때문에, 그 당시에는 이 이상한 상황을 즉각 이해하지도 못했다. 무슨 일이 일어났느냐 하면, 내가 그토록 짓밟고 모욕을 준 리자가 내가 상상했던 것보다 훨씬 더 많은 것을 이해했던 것이다. 그녀는 이 길고 장황한 이야기에서, 진심으로 사랑하는 여자가 언제나 제일 먼저 이해하는 것, 즉 내가 불행한 인간이라는 사실을 이해한 것이다.

(…)

그러자 그녀는 갑자기 나에게로 달려들어 두 팔로 내 목을 끌어안고 울음을 터뜨렸다. 이런 일은 지금껏 한 번도 내게 일어났던 적이 없었기 때문에, 나도 그만 참지를 못하고 울음을 터뜨리고 말았다.

"나는 되게 돼 있질 않아…. 나는 착한 놈이… 될 수가 없어!" 나는 간신히 이렇게 말을 하고, 소파까지 가서 엎드리듯 쓰러져 한 15분 정도를 진짜 히스테리에 휩싸여 엉엉 울었다. 그녀는 내게 바싹 다가와서 나를 품에 안았으며, 그렇게 포옹한 채로 굳어 버린 듯했다.

그러나 기막힌 점은 히스테리란 반드시 끝나게 마련이라는 사실이다. 그러니까 (나는 혐오스럽지만 진실을 있는 그대로 쓰고 있다) 소파에 엎드려 걸레 같은 가죽 쿠션에 얼굴을 푹 파묻고 있자니, 이제 와서 고개를 들어 정면으로 리자의 얼굴을 보기도 참으로 어색하리라는 생각이 조금씩, 어렴풋이, 어쩔 수 없지만 멈출 수도 없이 밀려오기 시작했다. 대체 무엇이 창피했던 것일까? 그건 모르겠지만, 여하튼 창피했다. 심히 뒤죽박죽이 된 머릿속에 떠오른 또 하나의 생각은, 이제는 배역이 완전히 뒤바뀌었구나 하는 것이었다. 이제는 그녀가 영웅이고, 나는 나흘 전 그날 밤 내 앞에서의 그녀처럼 비참하게 짓뭉개진 모욕 받은 존재가 돼 버리고 말았다…. 게다가 이 모든 생각이 소파 위에 엎드려 있던 바로 그 순간에 이미 들었던 것이다!

맙소사! 그렇다면 정말로 난 그때 그녀에게 질투심이라도 느꼈단 말인가?

모르겠다. 지금까지도 거기에 대해서는 명쾌한 답을 내릴 수가 없는데, 하물며 그때야 당연히 지금보다 훨씬 더 알 길이 없었다. 사실 나는 누군가에게 권력을 휘두르고 폭군 행세를 하지 않고는 살아갈 수가 없는 인간이다…. 하지만… 하지만 아무리 이러쿵저러쿵 이치를 따져봐도 아무것도 설명할 수가 없고, 따라서 이치를 따져 볼 거리조차도 아무것도 없다. 나는 그래도 자신을 제어하고 고개를 들었다. 언젠가는 들어야 할 것 아니겠는가…. 그리고 내 지금까지도 확신하건대, 정확히 그녀를 쳐다보는 게 창피했기 때문에 그때 갑자기 내 가슴속에서 전혀 다른 감정이 불꽃을 일으키며 확 타오르기 시작했다…. 지배욕과 소유욕이란 감정이. 내 눈은 욕정으로 불타올랐고, 나는 그녀의 손을 으스러지도록 꽉 쥐었다. 그 순간 나는 그녀를 얼마나 증오하고, 또 얼마나 사랑했던가! 이 두 감정이 서로 부채질을 하며 타 올랐다. 그것은 거의 복수에 가까운 것이었다! 그녀의 얼굴에는 처음에는 의혹 같은 것이, 심지어 공포 같은 것이 나타났으나, 그것은 아주 잠시뿐이었고, 금방 사라져 버렸다. 그녀는 환희에 차서 나를 뜨겁게 포옹했다.

10

한 15분 후 나는 미친 듯이 초조해하며 방 안을 왔다 갔다 하며, 쉴 새 없이 칸막이 쪽으로 다가가 그 틈새로 리자가 뭘 하는지 엿보았다. 그녀는 바닥에 앉아 머리를 침대에 기대고 있었는데, 울고 있는 게 분명했다. 하지만 그녀가 돌아갈 기미는 보이지 않았고, 이것이 또 나를 짜증 나게 했다. 이번에야말로 그녀는 모든 것을 알았을 것이다. 내가 돌이킬 수 없을 정도로 철저히 그녀를 모욕했다는 것을. 하지만… 아니, 다른 얘기는 할 필요도 없다. 나의 욕정의 격발이 다름 아니라 내가 그녀에게 복수를 한 것임을, 또 그녀를 새로운 방식으로 또다시 모욕한 것임을, 그리고 전부터 내가 품고 있던 뚜렷한 대상이 없는 증오심에 이제는 이미 그녀를 향한 **질투에 가득한 개인적인** 증오심이 더해졌음을 짐작했을 것이다…. 그렇다고는 해도 그녀가 이 모든 것을 명확히 이해했다고는 말할 수 없다. 하지만 대신 내가 추잡한 인간이고, 그녀를 사랑할 수 있는 그런 인간이 아니라는 점만은 완전히 이해했을 것이다.

그건 믿을 수가 없는데! 너처럼 그렇게까지 사악하고 그렇게까지 어리석은 인간이 있다는 건 믿기지 않는 일인데! 라고 말할 사람들이 있다는 것은 나도 잘 알고 있다. 그뿐인가! 그녀를 사랑하지 않는 것도, 또 그녀의 사랑의 가치를 제대로 인정해 주지 않는 것도 영 믿을 수 없다고 덧붙일 것이라는 사실도 나는 잘 알고 있다. 하지만 대체 뭐가 믿을 수 없다는 말인가? 첫째, 나는 이미 사랑이라는 것을 할 수가 없게 된 사람이다. 거듭 말하지만, 내게 있어 사랑한다는 것은 폭군처럼 굴며 정신적으로 우위를 차지한다는 것을 의미하기 때문이다. 나는 평생 동안 다른 형태의 사랑은 상상조차도 할 수 없었으며, 그 결과 지금은 사랑이란 사랑하는 대상에게 폭군처럼 굴 수 있는 권리, 그것도 그 대상이 자진해서 선사한 권리라는 생각마저 더러 하게 되었다. 내가 지하실에서 하던 몽상 속에서도, 사랑을 오로지 투쟁으로만 상상해 왔고, 그랬기에 내게 있어 사랑은 언제나 증오에서 시작하여 정신적인 정복으로 끝을 맺었지만, 그 뒤에 정복한 대상을 어떻게 해야 할지를 상상할 수는 없었다. 자, 이러니 대체 뭐가 믿을 수 없다는 말인가? 내가 이토록이나 자신을 정신적으로 썩어 문드러지게 만들고, 이토록이나 "살아 있는 삶"에서 유리된 까닭에, 방금 전에도 "동정 어린 말"을 들으려고 나를 찾아온 거냐며 그녀를 비난하고, 창피를 줄 생각까지 해 냈던 것이다. 그러니까 정작 그녀가 나를 찾아온 목적이 결코 동정 어린 말을 듣기 위해서가 아니라 나를 사랑하기 위해서였다는 것, 왜냐하면 여자에게는 다른 어떤 것도 아닌 바로 이 사랑 속에 부활과 온갖 종류의 파멸로부터의 구원과 갱생이 깃들어 있기 때문이라는 것을 나 자신은 꿈에서조차 상상할 수가 없었다. 그래도 방 안을 왔다 갔다 뛰어다니고 칸막이 틈으로 기웃거리고 있을 때만 해도 그녀를 이렇게까지 많이 증오하지는 않았다. 그녀가 여기 있다는 사실만으로도 나는 견딜 수 없이 괴로웠다. 나는 그녀가 얼른 사라져 주기만을 바랐다. 나는 "안정"을 원했고, 지하실에 혼자 있고 싶었다. "살아 있는 삶"에 너무도 익숙지 않아서, 이제는 그것이 숨이 막힐 정도로 나를 짓눌렀다.

하지만 다시 몇 분이 더 지났는데도 그녀는 마치 넋이라도 나간 듯이 꼼짝도 않고 앉은 채, 여전히 일어날 기미도 보이지 않았다. 나는 그녀의 주의를 환기하기 위해 뻔뻔스럽게도 칸막이를 톡톡 두드리기까지 했다…. 그녀는 갑자기 놀라 몸을 부르르 떨더니 자리에서 벌떡 일어나, 마치 나를 피해 어딘가로 도망이라도 치듯 자기 숄이며, 모자며, 털외투를 찾느라 부산을 떨었다…. 2분 후 그녀는 천천히 칸막이 뒤에서 나와 힘겨운 시선으로 나를 바라보았다. 나는 악의에 찬 미소를, 그나마도 **예의상** 억지로 짓고는 그녀의 시선을 피해 얼굴을 돌렸다.

"안녕히 계세요." 문 쪽으로 가면서 그녀가 말했다.

나는 갑자기 그녀에게로 달려가서 그녀의 손을 잡고는 그 손을 펼쳐 뭔가를 찔러 넣어 주고는… 다시 손을 꼭 쥐여 주었다. 그러고는 곧장 몸을 돌려 급히 다른 쪽 구석으로 튕겨 가듯 돌아갔는데, 그건 적어도 내 눈으로 차마 볼 수가 없어서였다….

나는 지금도 내가 그런 짓을 한 건 앞뒤 구별을 할 수도 없을 만큼 너무 당황해서 얼떨결에 바보 같은 짓을 한 것이라고 거짓말이라도 해서 쓰고 싶은 심정이다. 하지만 거짓말을 하고 싶지 않기 때문에 솔직히 말하는 건데, 내가 그녀의 손을 펼치고서 그 안에 뭔가를 찔러 넣어 준 것은… 증오심 때문이었다.

(…)

그녀는 떠났다. 나는 생각에 잠겨 방으로 돌아왔다. 너무 힘겨워 미칠 것만 같았다.

나는 그녀가 앉았던 의자 옆 탁자 있는 데에 멈춰 서서 멍하니 앞을 보고 있었다. 1분쯤 지났을까, 나는 갑자기 깜짝 놀라 온몸을 부르르 떨었다. 내 바로 앞 탁자 위에 있는 것을 나는 보고 말았다…. 한마디로 꼬깃꼬깃 구겨진 푸른 5루블짜리 지폐를, 방금 전에 내가 그녀의 손에 쥐여 준 바로 그 지폐를 발견한 것이다. 그렇다. 그것은 **바로 그 지폐였다**. 다른 것일 리가 없었다. 집 안을 몽땅 뒤져도 그것 외에는 다른 지폐가 있을 리가 없었다. 그러니까, 그녀는 내가 다른 쪽 구석으로 튕겨 가듯 급히 갔을 때, 그 짧은 틈을 이용해 내가 손에 쥐여 준 지폐를 재빨리 탁자 위로 던진 모양이었다.

이게 과연 뭔가? 그녀가 이렇게 하리라는 것을 나는 예상할 수 있었어야 했다. 과연 예상할 수 있었을까? 아니다. 나는 너무나 심한 이기주의자이고, 또 실상 다른 사람을 눈곱만큼도 존중하지 않았기 때문에 그녀가 이렇게 하리라곤 상상조차 하지 못했다. 이것은 도저히 참을 수 없는 일이었다. 나는 순간 미친 사람처럼 설쳐 대며 손에 잡히는 대로 아무렇게나 몸에 걸치고는 쏜살같이 그녀의 뒤를 쫓아 달려 나갔다. 내가 거리로 나왔을 때, 그녀는 아직 2백 걸음도 채 못 갔을 것이다.

주위는 조용했다. 거의 수직으로 펑펑 쏟아지는 눈은

보도와 황량한 거리에 하얀 쿠션을 깔아 주는 것 같았다. 지나가는 사람도 하나 없이 쥐 죽은 듯 고요했다. 가로등만이 부질없이 음울하게 희미한 빛을 발하고 있었다. 나는 교차로까지 2백 걸음 정도를 단숨에 달려갔지만, 곧 멈춰 섰다.

'그녀는 어디로 갔을까? 그건 그렇고, 난 뭐 하러 그녀의 뒤를 쫓고 있지? 대체 뭘 하려고? 그녀 앞에 몸을 던지고 참회의 눈물을 흘리고, 그녀 발에 입을 맞추며 용서를 빌기 위해서다! 정말로 그러고 싶었다. 가슴이 온통 갈기갈기 찢기는 것 같았다. 이 순간을 나는 결코, 결코 아무렇지도 않게 회상할 수는 없을 것이다. 하지만 대체 뭐 하러? 오늘 그녀의 발에 입을 맞추면, 바로 그것 때문에 내일은 그녀를 정말로 엄청나게 증오하게 되지 않을까? 정말로 내가 그녀에게 행복을 줄 수 있을까? 오늘도 나는 지금까지 수없이 그랬던 것처럼 내가 어떤 놈인지를 똑똑히 보지 못했단 말인가? 정말로 나란 인간이 그녀를 괴롭히지 않을 수 있단 말인가!' 내게는 이런 생각이 들었다.

(…)

그 일이 있고 벌써 오랜 세월이 흘렀건만, 지금도 이 모든 것을 돌이켜 보면 어쩐지 기분이 **영 찝찝하다.** 물론 돌이켜 보면 영 찝찝한 일들이 한두 개가 아니지만…. 이

〈수기〉도 이쯤에서 끝내야 하지 않을까? 애당초 이런 걸 쓰기 시작한 것 자체가 실수였던 것 같다. 적어도 이 **이야기**를 쓰는 내내 나는 창피해 견딜 수가 없었다. 그러고 보면 이건 문학이 아니라 교도 감화를 위한 형벌이나 마찬가지였다. 사실 내가 늘어놓은 이런저런 얘기들, 예를 들어, 내가 지하의 한쪽 구석에서 정신적으로 썩어 문드러져 가고 있고, 당연히 있어야 할 환경의 결핍을 맛보고 있으며, 살아 있는 삶에서 유리되어 허영심 가득한 분노나 키우고 그럼으로써 정작 진정한 삶을 놓쳐 버린 이야기를 구구절절이 늘어놓는 것이 맹세코 재미있을 리가 없기 때문이다. 소설에는 주인공이 필요한 법인데, 여기서는 오히려 반(反)주인공의 모든 특징들을 **일부러** 여기다 집대성해 놓았으며, 중요한 건 이 모든 것이 상당히 불쾌한 느낌을 준다는 점인데, 이건 우리 모두가 정도의 차이는 있을지언정 삶에서 유리되어 너 나 할 것 없이 다들 절뚝거리고 있기 때문이다. 그 유리된 정도가 너무도 심해서 진짜 "살아 있는 삶"에 대해 때로는 어떤 혐오감마저 느끼고, 또 이 때문에 누가 우리에게 이런 삶에 대해 상기시키기라도 한다면 도저히 견딜 수가 없어진다. 실상 우리는 "살아 있는 삶"을 거의 중노동으로 여기며 어려운 업무를 수행한다고 생각하는 지경에 이르렀고, 다들 속으로는 책에 써 있는 대로 사는 게 훨씬 낫다는 데 동의하게 된다.

(…)

"우리한테서 책을 몽땅 빼앗아 단 한 권의 책도 없이 홀로 남겨 둬 보라. 그럼 우리는 당장에 허둥거리면서 어쩔 줄을 모르게 될 것이다. 어디에 합류해야 하고 무엇을 지침으로 삼아야 할지, 무엇을 사랑하고, 무엇을 증오해야 할지, 무엇을 존경하고 무엇을 경멸해야 할지 통 모르게 될 것이다. 심지어 우리가 인간이라는 것조차, 즉 **자신이** 피와 살로 된 인간이라는 것조차 부담스러워할 것이다. 우리는 그것을 창피하게 생각하고 치욕스럽게 여기며, 지금까지 존재한 적도 없는 무슨 보편적 인간 같은 게 되고자 호시탐탐 기회를 노린다. 우리는 사산아다. 더욱이 이미 오래전부터 산 아버지로부터 태어나기를 거부한 죽어서 태어난 사람들이다. 이것이 날이 갈수록 점점 더 우리 마음에 든다. 우리 취향에 딱 들어맞는 모양이다. 조만간 우리는 어떻게든 관념으로부터 태어날 궁리를 할 것이다. 하지만 이제 됐다. 나는 이 '지하실에서' 이 이상은 더 써 내보내고 싶지 않다…."

(…)

그렇다고 이 역설가의 〈수기〉가 여기서 끝난 것은 아니다. 그는 결국 참지를 못하고 계속해서 더 써 나아갔다. 하지만 우리 생각에도 일단 여기서 끝을 맺는 게 좋을 것 같다.

해설

《지하생활자의 수기》는 도스토옙스키의 전 창작 활동에서 간과해서는 안 될 중요한 작품이다. 이 작품은 도스토옙스키의 작품을 두 시기로 구분하는 하나의 커다란 전환점으로서, 과거 작품에 대해서는 거부의 정신으로 충만해 있으며, 이후 대작 소설들에 대해서는 철학적 서문으로서의 역할을 톡톡히 하고 있다. 비록 양적으로는 그리 많지 않지만 《지하생활자의 수기》는 작가의 5대 소설이라 일컬어지는 《죄와 벌》, 《백치》, 《악령》, 《미성년》, 《카라마조프가(家)의 형제들》 속에서 나타나게 될 주요한 주제들, 정치적 · 철학적 · 윤리적 · 종교적인 제반 문제들과 그 해결 방안으로서의 구원의 문제들을 모두 소개하고 있다.

하지만 도스토옙스키가 《지하생활자의 수기》를 집필하게 된 직접적인 동기는 1860년대 젊은 층에서 폭발적인 인기를 누리던 체르니솁스키의 소설 《무엇을 할 것인가?》에 대한 이데올로기적인 반박이었다. 작품의 이런 동기와 특성 때문에 저명한 도스토옙스키 연구가 조세프 프랭크

(Joseph Frank)는 《지하생활자의 수기》를 패러디로 생각지 않는다면 작품을 올바르게 이해하는 것은 불가능하다고까지 말하고 있다. 그러니 《지하생활자의 수기》의 전경화(前景化)된 텍스트 뒤에 존재하는 체르니셉스키의 후경화된 텍스트 《무엇을 할 것인가?》에 대한 설명이 없다면, 우리는 답변은 있되, 질문은 없는 채로 남겨지게 되는 셈이다. 따라서 독자의 이해를 돕고자 체르니셉스키가 과연 누구이며, 그의 사상이 어떠했고, 그가 쓴 소설 《무엇을 할 것인가?》가 무엇에 관한 것인지에 대해 잠깐 살펴보기로 하자.

체르니셉스키는 1860년대 당시 젊은 지성인들 사이에 열렬한 우상적 숭배를 받을 정도로 감격을 불러일으켰던 허무주의적 유물론의 기수였다. 그는 인간 본성이 원래 선하며, 인간이 사악한 행위를 하는 것은 사회가 그에게 자신의 욕구와 능력을 만족할 기회를 주지 않았기 때문이라고 주장했다. 사람이 악행을 저지르는 것은 인간 안에 원인이 있는 것이 아니라, 사회적인 체계와 환경의 탓이라고 여겼으며, 따라서 환경이 좋아지고 개선되면, 인간의 모든 악행은 저절로 사라질 것이라고 주장했다. 인간 본성은 선하며, 인간이 나쁜 짓을 하는 것은 자신의 진정한 이익이 무엇인지 모르기 때문이라고 주장하며, 그의 이론이 형상화 되어 있는 《무엇을 할 것인가?》의 주인공들을 통해 자신의 이론이 실생활에서 어떻게 적용되고 실현될 수 있는지를 보여 준다. 베라 파블로브나와 로푸호프의 이익 계산 이론이 그 좋은 예다. 실제로 이 작품에는 많은 산술적 계산들이 등장한다.

인간이 선한 행동을 하는 것이 그에게 이익이 된다는 것을 이해하기만 한다면 인간은 완전한 이기주의로부터 나오는 악한 행동을 그만둘 것이라고 체르니솁스키는 믿었다. 이것이 그 유명한 체르니솁스키의 이성적 이기주의 이론이다. 인간을 교육하고 개화시켜 이성적 이기주의에 눈뜨게 된다면, 악해지는 것 자체가 불가능하게 된다고 여겼다. 또 그는 외부 자연의 분석에 결정적 요소로 제공되는 과학적이고 수학적인 영역이 인간의 내적 본성의 분석을 위해서도 기초가 될 수 있다고 주장했다. 그가 주장한 인간 심리, 도덕, 사회적 행동의 제반 문제에 수학적 방법을 적용하는 문제는 1860년대 러시아에 있어 주요 논쟁의 대상이 되었던 것이다. 2×2=4, 2×3=6, 2×4=8…인 것처럼, 인간의 제반 행동에 대한 해답도 이성적 이기주의가 제시하는 이익 공식에 따라 나올 것이고, 따라서 백과사전처럼, 어떤 문제가 있으면 어떤 해답이 있다는 식의 인간의 제반 문제에 대한 해답을 실은 사전류의 책을 만드는 것도 가능하다고 여겼다.

체르니솁스키의 모든 이론과 모든 사상은 베라 파블로브나의 네 번째 꿈에 등장하는 사회주의적 유토피아인 수정궁으로 집약된다. 체르니솁스키는 사회주의란 지구상의 모든 인간들의 행복한 삶의 승리라 여겼으며 미래에 확실하게 존재하게 될 세계임을 믿어 의심치 않았다. 자연과 이성, 수학, 과학의 법칙이 완전히 지배하는 곳, 사회주의적인 지상낙원으로 체르니솁스키가 제시하고 있는 수정궁은 한마디로 완벽한 사회인 것이다. 이곳에서는 모두가 선하고, 따라서 모두가 모두에게 감출 것이 없는 하나인 우리(소비에트 작가 자먀틴[24]의 유토피아 소설 《우리들》을 연상시킨다)로서 존재한다. 따라서 수정궁은 전체가 투명한 수정으로 되어 있는 완벽한 미래 사회의 실현 가능한 유토피아라고 여겼다.

체르니솁스키는 자신의 전 인생을 통해 인간 존재의 기본적 문제를 모두 포괄하는 해답을 제공할 수 있는 도구

---

24) 예브게니 이바노비치 자먀틴(Евгений Иванович Замятин, 1884~1937) : 소비에트 시대의 작가, 비평가, 희곡 작가, 편집자였으며, 또 특기할 만한 점은 엔지니어였다는 점이다. 그의 작품 중 유토피아-디스토피아를 그린 《우리들》은 후에 유토피아-디스토피아 소설의 대부로 여겨지는 조지 오웰의 《1984》의 모델이 되었다.

를 만들고자 노력했다. 이런 노력의 일환으로《무엇을 할 것인가?》를 썼으며, 그 안에서 체르니솁스키는 사람들에게 진리가 어디에 있고 그들이 어떻게 생각하고 살아야 하는지를 설명하고자 했다. 체르니솁스키는 문학은 교훈적일 수 있고 또 반드시 그래야만 한다고 굳게 믿었기 때문에 의도적으로 교훈적인 소설을 고안해 내었으며, 삶의 다양한 문제들에 대한 올바른 해결방안을 독자들에게 제시코자 했다. 그래서 그는《무엇을 할 것인가?》가 소설 이상의 것이 되기를 주장했으며, 그의 젊은 동시대인들 역시 이것을 예술 작품으로서가 아니라 삶을 살아가는 방법을 제시한 교본으로 열렬한 찬사와 함께 경이의 감정으로 받아들였다.

체르니솁스키로 대표되는 1860년대의 혁명적이고 진보적인 젊은 층들이 마치 하나의 신앙처럼 열렬하게 받아들였던 유토피아적 사회주의는 젊은 날의 도스토옙스키 자신의 신념의 많은 부분을 차지하고 있던 바로 그 푸리에주의[25)]에 기초하고 있었다. 만약 도스토옙스키가 이 사상

---

25) 푸리에주의(Fourierism) : 18~19세기 프랑스의 사상가 프랑수아 마리 샤를 푸리에(François Marie Charles Fourier, 1772~1837)가 사회주의 이론을 근간으로 창시한 이상주의적 공상적 사회주의 철학이다. 인간의 본성적 선함을 믿으며, 지배자와 피지배자가 없는 형제애

을 직접 체험하고 이해하지 않았더라면, 그리고 그것에 대한 깊은 회의의 날들을 보내지 않았더라면, 이 사상의 순진한 허구성과 치명적인 위험성을 그토록 잘 파악하지는 못했을 것이다.

1840년대에 20세의 도스토옙스키는 페트라솁스키 서클에 참석하게 되면서 바로 이 유토피아적 사회주의에 대한 이론을 접하게 된다. 페트라솁스키는 1840년대의 혁명적인 자유주의 운동에서 뛰어난 인물이었으며, 푸리에주의의 열렬한 지지자로서, 푸리에의 인간 본성 이론과 사회주의적 공동 생활체인 '팔랑스테르(Phalanstère)'라는 조직의 실현을 확실히 믿었다. 페트라솁스키 자신이 만든 비밀스런 모임에서 대화의 주된 주제 중 하나는 푸리에의 가르침에 따른 공산적 경제 원리와 그것을 기반으로 한 사회주의적 이상 국가 건설이었다.

러시아인의 극빈과 극부의 모순적인 공존을 목격하고, 어린 시절부터 가난하고 짓눌린 자들에 대한 동정과 관심을 가지고, 물질적 가난이 인간성을 얼마나 왜곡시키는가에 대해 골몰했던 도스토옙스키, 자기 자신 역시 계속되는

를 바탕으로 한 생산자 협동조합인 팔랑주에 근거를 둔 이상사회의 건설을 주장했다. 푸리에주의는 19세기 러시아 급진주의자들에게 많은 영향을 끼쳤다.

물질적 궁핍함에 고통 받아야 했던 젊은 도스토옙스키에게 있어 물질적 풍요와 인생의 행복과 안정을 약속해 주는 이상 사회 건설에 대한 이 이론은 젊은 이십 대의 그의 심장을 사로잡았고 그는 이에 열렬한 찬사를 보냈다. 하지만 1849년 페트라솁스키 사건에 연루되어 체포된 도스토옙스키가 시베리아 감옥에서 보낸 4년의 세월은 인간 본성에 대한 그의 신념에 근본적인 수정을 가하게끔 했다. 그곳에서 도스토옙스키는 인간 본성의 어둡고 적나라한 야만적인 면을 보게 되었다. 인간 본성의 심연에 있는 이런 선과 악의 카오스와 악마적 요소의 우세를 보고 난 후 이전의 푸리에주의의 인간 본성 이론으로부터 그가 자신의 신념으로 받아들였던 '본성적인 선'에 대한 믿음을 갖는다는 것은 더 이상 불가능했다. 또 죄수들 간의 힘의 역학 관계에 대한 관찰에서, 그들의 격렬한 우위 다툼을 목격하고 가해자이며 피해자가 되고자 하는 인간 본성의 모순에 대해 깨달았으며, 이런 체험들은 동등한 권리를 누리는 개인들이 평화로이 공존할 수 있다는 사회주의적 유토피아에 대해 도스토옙스키가 갖고 있던 믿음을 산산조각 나게 했다.

이러한 급격한 이데올로기적 변화를 경험한 도스토옙스키에게 "사회주의"가 이상적 사회를 건설할 수 있다는 믿음과 동등한 형제애가 가능한 인간의 선한 본성에 대한 회의에 쐐기를 박은 사건은 1862년에 이루어진 그의 첫 번째 유럽 여행이었다.

도스토옙스키가 사랑했던 나라, 위대한 부르주아 시민 혁명이 성공한 나라인 프랑스의 중심 도시 파리에서 그가 본 것은 혁명의 성공이 가져오리라고 예상했던 만인의 자유와 평등과 형제애가 존재하는 지상낙원이 아니었다. 그는 여기서 형제애의 불가능성과 물질 만능주의의 노예가 된 착취자들의 부패와 타락을 보았고, 자본주의가 발달한 영국의 수도에서는 극빈과 극부의 모순된 공존과 자본주의 남용의 명백한 증거들을 보았다. 특히 1862년 영국 켄싱턴의 로열 파크에 세워진 세계 박람회의 수정궁은 도스토옙스키를 경악케 했다. 그것은 전 세계 사람들을 하나의 가축 떼로 만드는 우상과 악마의 왕국처럼 보였다. 자본주의의 이상의 왕국으로 건설된 이 수정궁은 도스토옙스키에게 우상의 왕국이며 반(反)그리스도이며 그 속에서 인간의 정신은 정복당하고 종속당하고 정신적 자유가 말살되는 그런 곳으로 여겨졌다. 유럽 여행의 결과, 도스토옙스키는 사회주의나 자본주의가 최고로 발달한 결과는 똑같은 개미탑이며, 그 결과가 인간에게 가져다줄 수 있는 것은 지상낙원이 아니라, 인간성의 박탈을 전제로 하는 가축과 같은 노예화 상태라는 것을 깨달았다.

1863년 체르니셉스키의 소설 《무엇을 할 것인가?》가 잡지 《동시대인(Отечественные записки)》에 나타났을 때, 도스토옙스키는 그 안에서 젊은 날의 자신이 지녔던 바로 그 이데올로기의 신념을 보았다. 그는 인간의 실제적 본성과는 전혀 맞지 않는 그 이론의 순진한 허구성과 인간을 개미 떼나 가축 떼로 몰아가려고 하는, 즉 인간성 박탈을 전제로 하는 (그 책이 제시하는) 사회주의적 이상국가의 두려움을 분명히 자각했다. 체르니셉스키의 《무엇을 할 것인가?》를 마치 하나의 삶의 지침이요, 교과서요, 성서처럼 받들고 있던 당시의 많은 젊은이들에게 도스토옙스키는 인간성 상실에 대한 우려를 강력히 나타내며, 그들이 신봉하는 이데올로기의 위험성을 알려야 할 의무를 느꼈다.

《지하생활자의 수기》는 체르니셉스키이 《무엇을 할 것인가?》에 대한 예술적 답변으로 의도되었기 때문에 작품에서 반복되는 주요 단어들, 텍스트, 내용, 표현, 주요 사건, 이 모든 것들이 반대편의 주된 사상들에서 차용되어, 지하생활자의 말 속에서 왜곡되고, 패러디되고 희화된다. 1, 2부의 주된 에피소드인 장교와의 결투와 리자 이야기도, 《무엇을 할 것인가?》의 긍정적 주인공 중의 하나인 로

푸호프의 사건과 창녀 구원 문제를 다룬 키르사노프와 크류코바의 사랑 이야기를 각각 패러디한 것이다. 또 체르니셉스키와 그 추종자들의 중심사상인 공리주의, 합리주의, 실용주의, 이성적 이기주의, 사회주의적 유토피아 등은 '2×2=4'로 대변되며, '2×2=4'는 체르니셉스키가 바로 자신의 사상을 옹호하고 주장하기 위해 최고의 긍정적 성질을 부여했던 것으로, 이를 인간 행위에 적용하면 인류의 조화를 가져올 수 있다고 믿었던 보편적 공식의 상징, 인간 행위를 규정하는 보편적 원리로, 또 세계 조화의 위대한 원리로 제시했었다. 또 '2×2=4'가 다스리게 될 완벽한 유토피아 왕국으로서의 수정궁은 도스토옙스키의 텍스트 속에서 지하생활자의 입을 빌려, 수정궁 자체와 그 믿음의 철없을 정도의 허황됨과 그것이 갖는 맹점들이 공격당한다. 그것의 완벽함은 역설적으로 그것의 최대의 약점이 된다. 완벽은 진보를 허용하지 않으니 말이다. 그것은 죽은 끝이며 '2×2=4'와 같은 죽은 공식이다. 자연법칙, 이익, 피아노 건반, 지하실과 수정궁, 이 모든 것들이 체르니셉스키의 《무엇을 할 것인가?》에서 차용되고 지하생활자의 말 속에서 뒤틀리고 과장되어 결국에는 원 텍스트에서 가지고 있던 긍정적 자질들을 스스로 파괴하게 만든다.

《지하생활자의 수기》 속에서, 도스토옙스키의 비난과

풍자, 적개심의 대상 범주는 체르니셉스키의 이론과 그의 작품 《무엇을 할 것인가?》뿐만이 아니라, 체르니셉스키가 활동한 잡지 《동시대인》의 주요 멤버들이자 체르니셉스키의 열렬한 추종자들, 살티코프-셰드린[26]과 네크라소프[27]와 그들이 칭찬한 작품들—니콜라이 게의 《최후의 만찬》—에까지 이르고 있다.

그러나 이데올로기적인 반박이라는 작품의 직접적인 동기에도 불구하고, 지하생활자가 구체화하고 있는 고독, 자유, 선택, 고통, 노예화, 정체성, 구원으로서의 사랑의 문제 등의 모든 테마는 한 시대에 국한된 것이 아니라 시대를 초월하여 늘 현대적이고, 늘 보편적으로 남아 있는 인간의 주제다. 이렇듯 작품이 구현하고 있는 시공을 초월한 우주적이고 무시간적인 주제성은 작품 자체의 예술성을 영원히 가능케 해 줄 뿐만 아니라, 지금으로부터 몇 세기가 지

26) 미하일 예브그라포비치 살티코프-셰드린(Михайл Евграфович Салтыков-Щедрин, 1826~1889) : 현대의 비평가들에 의해 19세기 최고의 러시아 풍자작가로 여겨진다. 잡지 《조국 잡기》와 《동시대인》을 주 무대로 활동했다.

27) 니콜라이 알렉세예비치 네크라소프(Николай Алексеевич Некрасов, 1821~1878) : 19세기 러시아 시에 나타난 '사실주의파'의 대표적 기수로 시인, 작가였으며 《조국 잡기》의 주요 활동 멤버였다.

나더라도 사람들의 마음 한구석을 건드릴 수 있는 영원한 명작으로 자리매김할 수 있게 해 주리라 믿는다.

또한 《지하생활자의 수기》는 가장 도스토옙스키적인 예술 작품으로 평가되어야 마땅하다. 이 작품 속에서 "지하실"의 추악성과 비극성을 낱낱이 파헤칠 수 있었던 것은 도스토옙스키의 천재성의 승리다. 수기의 저자 "역설가"는 단순히 관념적, 철학적으로 설정된 것이 아니라, 도스토옙스키 자신이 그 시대와 사회의 모든 정황을 몸으로 앓아 내고 난 후 가장 구체적이고 실제적으로 설정한 것이다. 그리고 《지하생활자의 수기》를 통해 이루어진 문학적 · 철학적 · 윤리적 · 세계관적 발견들은 이후 도스토옙스키가 창작하게 될 모든 대작들의 뼈대를 이루는 내적 근거가 되었다. 또 이 작품이 새로운 세계로의 물꼬를 터 준 셈이 되어, 《지하생활자의 수기》라는 작지만 무거운 문을 지나야 비로소 예언적인 위대한 "도스토옙스키적 세계"가 활짝 펼쳐지게 된다. 도스토옙스키 하면 《죄와 벌》 《백치》 《카라마조프가의 형제들》 같은 대작만이 문제시되고 있지만, 《지하생활자의 수기》도 《백야》나 《분신》, 《우스운 인간의 꿈》, 《상냥한 여인》, 《가난한 사람들》 등의 주옥같은 소품들과 함께 인문학도라면, 아니 지성을 지닌 교양인이라면 절대로 지나쳐서는 안 될 작품이다.

지은이에 대해

표도르 미하일로비치 도스토옙스키는 1821년 10월 30일(신력으로는 11월 11일) 군의관이었던 미하일 안드레예비치의 둘째 아들로 태어났다. 그의 아버지는 모스크바 빈민 병원에서 일을 했으며, 잔인할 정도로 엄격한 성격의 소지주였다. 종교적이고 온화한 성격의 어머니와는 달리, 잔혹한 아버지의 이미지는 도스토옙스키에게도 큰 영향을 미쳐, 그의 방대한 작품 세계에서 우리는 단 한 사람의 긍정적인 아버지의 모습도 발견하지 못하게 된다. 작품 속 아버지들은 처음부터 부재하거나, 무능하거나, 잔학하여 자신의 자식들을 길거리로 내몰아 몸을 팔게 하거나, 자식들에게 살해당하거나, 아니면 그 자신이 자녀에 대한 육체적, 정신적, 심지어 성적인 폭군으로 등장하거나 한다. 바로 이러한 점에 주의를 돌린 사람이 그 유명한 프로이트다. 그의 논문 《도스토옙스키와 부친 살해》는 비록 도스토옙스키의 극히 작은 일면을 부각한 것이기는 하나, 도스토옙스키를 전 세계 심리학의 중심부에 우뚝 자리매김하게 했다.

도스토옙스키가 18세 되던 해, 1839년 그의 아버지는 실제로 영지 농노들의 원한을 사 살해를 당하는데, 한 도스토옙스키 전기 작가에 따르면, 당시 그는 맞아 죽었을 뿐만 아니라, 성기도 잘려 있었다고 한다. 어떠한 이유로 농노들의 원한을 샀는지 그 이유를 짐작케 하는 대목이다. 이 소식을 전해 들은 도스토옙스키는 그의 최초의 간질 발작을 일으켰다고 전해진다. 물론 그의 첫 발작 시기에 대해서는 이러저러한 이견이 있지만, 어쨌건 중요한 점은 그 후로 평생 동안 이 병은 도스토옙스키를 떠나지 않았으며, 그의 많은 주인공들이 이 병을 나누어 가진다. "가장 아름다운 사람"인 《백치》의 미시킨 공작도, 《악령》의 키릴로프도, 마지막으로 《카라마조프가의 형제들》의 부친 살해자 스메르댜코프도 다 간질병을 갖고 있다. 도스토옙스키에게 있어 간질 발작은 우리가 갖고 있는 부정적인 질병의 의미가 아니다. 오히려 그에게 있어 간질 발작의 순간은 현실의 세계를 벗어나 신의 세계를 넘볼 수 있는 경계 이월이 가능한 절대 황홀경의 순간이었고, 유한한 존재가 무한의 세계를 일순이나마 맛볼 수 있는 신비한 순간이었으며, 세계의 모든 비밀을 꿰뚫어 볼 수 있는 통찰의 순간이었다. 간질 발작이 일어나는 불꽃같은 찰나의 순간이 갖는 이러한 미학적 · 철학적 의미들은 그의 작품 세계를 통해 생생하게 그려진다.

도스토옙스키가 태어나고 유년시절을 보낸 곳은 그의 아버지가 의사로 일하던 모스크바 빈민 병원이었는데, 그 병원의 많은 환자들은 모두가 가난하고 억눌린 사람들, 사회에서 버림받은 사람들이었으며, 어린 도스토옙스키는 이들과 대화하기를 즐겼다. 가난의 심리학의 대가가 될 씨앗이 여기서부터 자라나고 있었던 것이다. 물론 작가 스스로도 평생을 가난의 굴레에서 허덕였다. 그는 돈에 관한 문제에 있어서는 결코 "현실적"이지 못했던 사람이고, 자신이 감당할 능력이 있건 없건 간에 떠넘겨지는 짐을 사양할 줄 몰랐다. 바벨 알렉산드로비치라는 아들을 데리고 있던 미망인 마리야 드미트리예브나 이사예바와 결혼을 하는데, 그녀가 죽고 나서도 이 아들의 낭비벽에 많은 재정적인 어려움을 겪었으며, 이에 엎친 데 덮친 격으로 같은 해 1864년 가장 가까웠던 형제인 형 미하일이 죽자 그가 남긴 가족의 부양까지 짊어지게 된다. 그가 장편소설을 많이 쓴 이유에 페이지에 따라 받게 되는 고료의 영향도 없지는 않았을 것이다. 이렇게 빚에 허덕이다가 1865년 결국 그는 출판업자 스텔롭스키에게 앞으로 쓰게 될 작품의 저작권을 헐값에 넘기게 되고, 날짜를 맞추기 위해 속기사 안나 그리고리예브나 스니트키나(19세)를 고용했다. 그래도 새옹지마라는 것은 이런 때를 두고 하는 말이리라. 날짜를 맞추지 못하면 죽는 날까지 도스토옙스키가 쓰는 모든 작품에 대한 권리를 스텔롭스키가 갖게 되는 굴욕적인 계약을 체결했기 때문에 절박한 상황에서 속기사를 고용할 수밖에 없었고, 그래서 지금껏 알던 여인들과는 전혀 다른 안정적이고 현실적인 안나를 만나게 되었으니 말이다. 도스토옙스키보다 26세나 어린 안나는 작가가 갖지 못한 많은 면들, 즉 현실성, 결단력, 추진력, 경제관념, 실행력 등등을 갖고 있었다. 삶이 늘 그렇듯, 몇 날 며칠 밤을 꼬박 함께 새운 두 사람은 사랑에 빠지고, 이듬해 결혼을 한다. 이때부터 도스토옙스키는 아마도 조금은 편안한 마음에서 글을 쓰게 되었으리라. 왜냐하면 채무자들에게 시달리던 도스토옙스키에게 심리적 안정을 주기 위해 안나가 없는 돈을 긁어모아 4년간 외국으로 피신 여행을 보냈기 때문이다. 이후로도 골치 아픈 경제적 현실적 문제들은 안나가 거의 처리했으므로, 현실적인 문제에 부딪칠 때마다 대작가 도스토옙스키는 어린 안나의 뒤에 숨어 있었고, 안나는 14년간의 결혼 생활 동안 도스토옙스키가 창작에만 전념할 수 있도록 현실적인 조력자가 되어 주었다.

도스토옙스키의 처녀작 《가난한 사람들》(1846년)에는 작가의 가난에 대한 날카로운 인식과 가난이 인간 심리와 삶에 끼치는 영향들, 그리고 가난하고 핍박받는 자들에 대한 강한 동정심이 잘 나타나 있다. 이런 젊은 날의 도스토옙스키에게 형제애 속에서 모두가 풍요롭게 살 수 있다는 믿음을 가르치는 유토피아 사회주의자들의 모임인 페트라솁스키 서클은 목마른 물고기가 물을 만난 듯 반가운 만남이었다. 하지만 차르 니콜라이 1세의 반동 정치하에서는 당대 현실에 대한 비판뿐만이 아니라, 사회주의적 유토피아 등에 대해 토론하는 것, 금지 서적을 읽는 것들만으로도 총살감이었다. 고골에게 보내는 벨린스키의 편지를 낭독했다는 죄목으로 도스토옙스키는 페트라솁스키 서클의 다른 멤버들과 함께 체포되어 사형선고를 받는다. 멤버들을 사형에 처할 계획은 애초부터 없었지만, 젊은 혁명가들에게 교훈을 주기 위해 니콜라이 1세는 극적인 계획을 세웠다. 새벽에 자다 말고 맨발로 눈 쌓인 교도소 마당에 끌려 나온 멤버들은 사형집행을 위해 몇 줄로 서게 된다. 앞에는 총살형을 집행하기 위해 총을 겨눈 군인들이 있었다(1849년 12월 22일). 삶과 죽음을 몇 초 사이로 남겨 놓고, 그들은 차르 니콜라이 1세의 "하해와 같은 은혜"로 사형집행에서 구해지고, 시베리아의 감옥으로 옮겨진다. 차르의 이 같은 잔인한 연극 놀이는 섬세한 신경의 도스토옙스키에게 잊을 수 없는 인상을 남기게 되고, 이 인상은 작품《백치》에 잘 드러나 있다.

시베리아 감옥에서 죄수에게 유일하게 허용되던 책은 성경이었고, 4년간의 감옥 생활과 또 4년간의 유형이 끝난 후, 도스토옙스키의 인간관 및 세계관은 완전히 다른 것이 되어 있었다. 1840년대 사회주의적 유토피아를 지향했던 도스토옙스키는 1860년대 완전히 극우 보수주의자(슬라브주의자)가 되어 있었다. 유형을 마치고 돌아온 작가는 1861년 러시아의 문화적 정치적 생활에 적극적으로 참여하기 위해 그의 형 미하일과 함께 잡지《시대(Время)》를 창간했고, 1863년《시대》지가 정치적 이유로 발행정지 조치를 받게 되어 폐간된다. 이듬해 형 미하일과 함께 두 번째 잡지, 더욱더 극우적이고 슬라브주의적인 잡지《세기(Эпоха)》를 발간하여, 그 첫 호에《지하생활자의 수기》를 발표한다.

1866년, 후에 그의 부인이 된 속기사 안나를 고용하여《노름꾼》과《죄와 벌》을 속기하게 하여 발표하고, 1868년 그리스도를 닮은 "긍정적으로 가장 아름다운 인간"을 그리고자 한《백치》를, 1872년《악령》을, 죽기 한 해 전인 1880년《카라마조프가의 형제들》을 모두《러시아 통보》에 발표했다.

이렇게 해서 세계문학사 중 가장 위대한 작가 도스토

옙스키는(역자는 이렇게 말하는 데 일말의 주저함도 없다) 1881년 1월 28일, 그의 소설만큼이나 극적인 사건들이 넘쳐 나는 자신의 삶을 마감했다. 러시아 철학자 니콜라이 베르댜예프가 말한 것처럼, 도스토옙스키라는 작가를 낳았다는 사실만으로도, 이 지구상에 러시아인의 존재 이유는 충분하다. 도스토옙스키의 작품을 제대로 접한 독자라면 베르댜예프의 이 말에 충분히 공감할 것이다.

옮긴이에 대해

본명 김정아, 한자로는 金廷娥, 영문명은 Anya Kim이다.

1969년 1월 1일 새해 벽두에 출생했다. 출생지는 경상북도 안동이고 2녀 1남 중 차녀이다. 성장은 서울에서 했다. 한양여자고등학교를 졸업하고 서울대학교 노어노문학과에서 노어노문학 학사학위를 취득했다. 학부를 마치고 서울대학교 대학원에서 러시아 문학 석사학위를 취득했으며 서울대학교 박사과정 재학 중 미국으로 건너가, 일리노이대학교 어바나샴페인(University of Illinois at Urbana-Champaign) 대학원 슬라브어문학부에서 석사학위를, 동 대학원에서 슬라브문학 박사학위를 취득했다. 그리고 슬라브어문학부 대학원에서 폴란드 문학을 부전공했다. 박사학위 논문은 〈도스토옙스키의 《죄와 벌》에 나타난 숫자와 상징〉이다.

고등학교 3학년 때 도스토옙스키의 《죄와 벌》을 처음 만났다. 문학소녀라면 옆에 끼고 다니던 두툼한 서양의 고전소설들 중 그녀는 유독 그 어려운 《죄와 벌》에 꽂혔고, 도스토옙스키의 사상에 매료되었다. 머리로 이해한 것이 아니라 심장으로 받아들였다. 이는 그녀의 영혼이 1800년대의 도스토옙스키와 교감을 시작한 것이었고, 그 순간부터 그녀가 일명 "도 선생님"이라고 깍듯이 부르는 도스토옙스키와 진한 사랑을 시작한 것이었다.

풋풋한 18세 소녀였던 그녀는 38년의 세월을 통과해 흰머리가 서너 가닥 보이는 중년이 되었다. 일반적 세상 법칙과는 달리 어찌 된 일인지 "도 선생님"과 사랑의 화학 작용이 사그라들기는커녕 더욱 강해져 이제는 도스토옙스키가 그녀 안에서 살고 있다는 착각마저 들게 되었다. 대학 시절, 대학원 시절, 유학 시절, 유학에서 돌아와 대학에서 강의하던 시절, 그리고 그 후 사업가 김정아라는 제2의 캐릭터를 하나 더 만들어 살고 있는 지금까지도 도스토옙스키를 단 한순간도 손에서 놓은 적이 없다.

그녀는 2008년에 운명처럼 고전 전문 출판사 지식을만드는지식을 만났다. 이후 3~4년에 걸쳐 4대 장편 발췌본과 도스토옙스키의 주요 작품 8종을 출간했다. 그녀의 책은 작품보다 해설의 분량이 더 많았다. 이는 그녀가 얼마나 도스토옙스키에 대해 정통한지, 또 하고 싶은 얘기가 많은지를 방증하는 것이었다. 마침 출판사에서는 도스토옙스키의 4대 장편을 새로운 번역으로 출간하려던 참이었고, 그녀의 열정과 전문성을 눈여겨보았다. 출판사 박영률 대표는 그녀에게 "도스토옙스키와 영혼의 스파크가 일고 있다"고 말했다. 이 예리한 통찰의 한마디에 그녀는 가슴이 뛰었다. 4대 장편 번역이 시작되었다. 그녀는 국내에 번역된 도스토옙스키 작품들이 완성도가 떨어지는 경우가 많다는 것을 안타깝게 생각했다. 그랬기 때문에 출판사 대표와 한 약속, 백 년 갈 번역을 만들기 위해 혼신의 힘을 쏟았다. 《죄와 벌》을 시작으로(2020) 《백치》(2021) 《악령》(2023) 《카라마조프가의 형제들》(2025)을 차례로 출간했다. 도스토옙스키 4대 장편을 한 사람이 번역한 예는 전 세계적으로 드물고, 한국에서는 유일무이하다. 이 프로젝트는 고급가죽장정 한정판을 함께 출간하는 것이었는데 출간 후 수주 만에 매진되었고, "흠집 난 것이라도 사고 싶다" "다음 책은 언제 나오나?" 등 관심이 이어졌다. 한국의 출판계로서는 이례적이었고 고급출판물의 물꼬를 열어 준 것으로 평가되었다.

도스토옙스키와 함께하는 그녀의 행보는 출간에만 그치지 않았다.

중앙일보사에서 발행하는 《중앙 선데이》에 전면 칼럼 〈도스토옙스키 문학으로 본 21세기〉를 연재했다.

국악방송 〈문화시대〉에 도스토옙스키 전문가로 초대

되어 "도스토옙스키 탄생 200주년, 《죄와 벌》 깊이 읽기", "구원을 갈구하는 절대미의 비극, 도스토옙스키의 《백치》"를 방송했다.

김정아는 한마디로 도스토옙스키에 영혼을 저당 잡힌 사람, 솔메이트, 더 과격하게 표현하면 미친 사람이다.

4대 장편을 번역하면서는 얼마나 깊은 교감을 했던지 감격, 고통, 연민, 원망, 환희, 절망, 이런 온갖 감정의 파도가 몰아지는 바람에 번역 도중에 눈물이 마를 새가 없었고, 번역이 끝난 후에는 마치 배우가 자신이 몰입한 배역에서 한동안 빠져나오지 못하는 것처럼 심오한 도스토옙스키 후유증을 겪기도 했다. 실제로 출판사 편집자에게 "나 이러다 미칠지도 몰라요"라는 절규를 하기도 했다.

김정아는 한국에서 도스토옙스키 4대 장편을 가장 성실하게 가장 정확하게 가장 유려하게 번역한 유일한 사람이다. 무엇보다 한 사람이 4대 장편을 모두 번역한다는 것은 도스토옙스키 작품마다 잇닿아 있는 작가의 사상과 폭풍처럼 몰아치는 독특한 문체의 일관된 결을 유지할 수 있다는 데서 큰 의의가 있다. 한국 출판계의 성과이고 한국 도스토옙스키 독자들에게 더할 나위 없는 선물이다.

김정아는 "대작 번역이라는 심신이 고된 작업을 하며 키보드를 두드리는 손가락 마디마디가 아프고, 엉덩이의 감각이 없어지고, 허리, 어깨도 제대로 가누지 못할 정도로 힘들었지만 나의 영원한 사랑 도스토옙스키에게 한 발짝 더 다가갈 수 있었던 것이 가장 기쁘다. 문장의 내용뿐 아니라 하나의 단어가 갖는 의미까지 생각하다 보니 깨닫지 못했던 사실들이 눈에 들어왔다. 보면 볼수록, 곱씹으면 곱씹을수록 새로운 맛이 났다. 도스토옙스키가 있어 행복했고, 지금도 행복하며, 그가 남기고 간 글의 홍수 속에서 허우적대며 내 삶을 보낼 수 있어 더없이 행복했노라고 삶의 끝에서 말할 수 있을 것이다"라고 소회를 밝혔다.

김정아의 번역을 출판사는 힙(Hip)하다고 평가한다. '힙하다'는 말은 고유한 개성과 감각을 가지고 있으면서도 트렌디하고 신선할 때 쓰는 표현이다. 달리 말하면 이 번역이 지극히 현대적이어서 요즘 언어로 설명하는 듯 쉽고, 거기에 역자가 가진 경쾌함이 더해져 유연하고 따뜻하고 친절하다는 것이다. 이러한 현대성이 독자로 하여금 도스토옙스키 작품에 더욱 가깝게 다가가게 한다.

학력

한양여자고등학교 졸업. 서울대학교 노어노문학과에서 노어노문학 학사학위 취득. 서울대학교 대학원에서 러시아 문학 석사학위 취득. 미국 일리노이대학교 어바나샴페인(University of Illinois at Urbana-Champaign) 대학원 슬라브어문학부에서 석사학위 취득 및 동 대학원에서 슬라브문학 박사학위를 취득. 슬라브어문학부 대학원에서 폴란드 문학을 부전공.

저서

◉ 저술

《라틴 아메리카의 보석 콜롬비아》 (2024), 《패션 MD 1 : 바잉》 개정증보판 (2023), 《패션 MD 3: 쇼룸》 (2018), 《패션 MD 2: 브랜드》 (2017), 《모칠라 스토리》 (2016), 《패션 MD》 (2015)

◉ 번역

《카라마조프가의 형제들》(2025), 《악령》(2023), 《백치》(2021), 《죄와 벌》(2020), 《우스운 사람의 꿈》(2018), 《온순한 여인》(2018), 《원서발췌 미성년》(2018), 《원서발췌 학대받고 모욕받은 사람들》(2016), 《원서발췌 도박사》(2015), 《원서발췌 카라마조프가의 형제들》(2014), 《원서발췌 악령》(2013), 《원서발췌 백치》(2012), 《원서발췌 죄와 벌》(2012), 《원서발췌 죽음의 집의 기록》(2011), 《원서발췌 가난한 사람들》(2011), 《원서발췌 무엇을 할 것인가?》(2010),

《카람진 단편집》(2010), 《원서발췌 지하생활자들의 수기》(2010), 《되찾은 젊음》(2009), 《부실한 컨테이너》(2008), 《집에서 한 남자가 나왔다》(2004)

논문

하름스의 《노파》에서 "기적을 행하는 자"로서의 노파역할 연구, 노어노문학 (2005)

《죄와 벌》 에필로그의 구조적 필연성, 노어노문학 (2003)

Number Symbolism in the Story of Sonya, Canadian American Slavic Studies 2003. winter (2003)

Some Narrative Techniques of Dostoevsky's Works: Unity through Fragmentariness, 러시아 연구 (2002)

The Problem of Evil and The Importance of Movement on the Road to Salvation in Gogol:Musing on Dante's 《Inferno》, 러시아 연구 (2001)

Numerological code in Dostoevsky's Crime and Punishment, UIUC 박사논문 (2001)

도스토옙스키의 《지하생활자의 수기 연구》－서술구조와 패러디를 중심으로, 서울대학교 석사논문 (1994)

김정아 인스타그램 anyakim_null

원서발췌 지하생활자의 수기

지은이 표도르 도스토옙스키
옮긴이 김정아
펴낸이 박영률

초판 1쇄 펴낸날 2010년 9월 15일
개정1판 1쇄 펴낸날 2026년 1월 20일

지식을만드는지식
출판등록 제313-2007-000166호(2007년 8월 17일)
02880 서울시 성북구 성북로 5-11
전화 (02) 7474 001, 팩스 (02) 736 5047
commbooks@commbooks.com
commbooks.com

ISBN 979-11-430-1683-6 03890

책값은 뒤표지에 있습니다.